KB058993

강强안眼독서

이은대 지음

나는 오직 쓰기 위해 읽는다

강强안眼독서

딱 한 시간만 글쓰기를 배울 수 있다면 소원이 없을 것 같았다. 그럴 만한 환경이 되지 못했고, 무엇보다 돈이 없었다. 나는 감옥에 있었고, 수중에는 한 푼도 없었다.

글을 쓰는 동안 내 마음은 어느 때보다 고요해졌고, 글쓰기를 통해 불투명한 앞날에 대한 근심을 잠재울 수 있었다. 마음처럼 써지지 않는 글을 마주할 때마다 좀 더 잘 쓰고 싶은 바람이 간절했다.

글을 잘 쓰기 위해 내가 선택할 수 있는 방법은 책을 읽는 것뿐이었다. 많이 읽으면 잘 쓸 수 있다는 글쓰기의 일반론을 믿어보기로 했다. 추리소설부터 인문 고전에 이르기까지 닥치는 대로 읽었다. 마음에 드는 문장을 발견하면 노트에 옮겨 적기도 하고, 책 한 권을 통째로 필사하기도 했다. 그러면서도 나만의 글쓰기를 소홀히 하지 않았다. 읽고 쓰는 하루하루를 보내면서 글쓰기의 수준이 향상될 거라는 믿음도 버리지 않았다. 그렇게 꽤 오랫동안 글을 썼다.

6개월쯤 지났을 무렵, 노트에 빼곡하게 적힌 글을 읽으면서 실망할 수밖에 없었다. 그토록 열심히 읽고 썼는데 글의 수준이 전혀 나아지지 않은 듯했다. 맨 처음 쓴 글에 비하면 6개월 후의 글이 그나마 읽을 만했다는 사실은 인정하지만, 투자한 시간과 노력에 비하면 여전히 글 실력은 형편없었다. 때로(아주 가끔) '글쓰기는 타고나야 한다'는 문장을 만날 때가 있었다. 하루도 빠짐없이 읽고 쓰기를 게을리 하지 않았는데 여전히 제자리를 맴돌고 있는 내 글을 마주할 때마다, 어쩌면 글쓰기가 정말 타고난 재능을 가진 사람들의 전유물이 아닐까라는 생각이 들기도 했다. 포기하고 싶은 마음이 불쑥 솟기도 했지만 펜을 놓을 수는 없었다. 내가 할 수 있는 일은 글쓰기뿐이었고, 당시 내 마음을 부여잡을 수 있는 유일한 방법도 오직 글쓰기밖에 없었기 때문이다. 잘 쓰겠다는 욕심을 버리고 '나'를 위한 글에 전념하기로 했다.

다산 정약용의 《유배지에서 보낸 편지》라는 책을 만났다. 다산이 유배지에서 가족과 친지, 제자들에게 보낸 편지를 모아 엮어 만든 책이다. 그 중 아들에게 보낸 27통의 편지는 내 마음을 송두리째 흔들어놓았다. 어린 아들을 보고 싶은 마음에 잠들 때마다 눈물을 흘렸던 나는 다산의 강직하면서도 자식을 향한 깊은 사랑을 읽으며 반성하고 참회했다. 못난 아빠의 모습을 벗고 다음 날부터 아들에게 편지를 쓰기 시작했다. 간절히 보고 싶다는 여린 소리 대신, 아빠가 돌아갈 때까지 묵묵히 엄마 말씀 잘 듣고 생활 잘 하고 있으라는 의연한 내용으로 채워나갔다.

편지를 다 쓰고 난 후 처음부터 끝까지 읽어보면서 몇 번이나 의심을 했다. 내가 쓴 글이 맞나 싶을 정도로 마음에 쏙 들었다. 어제까지만 해도 글의 수준이 못마땅해서 글쓰기를 그만둘까 싶었는데 눈앞의 편지는 어찌 그리도 '잘 쓴' 것처럼 여겨졌을까. 편지를 부쳐놓고 한참을 생각했다. 어떤 차이가 있었던 걸까. 평소에 내가 쓰는 글과 아들에게 보내는 편지 사이에 무슨 차이가 있길래 그토록 글의 수준이 다르게 느껴진 걸까.

우선은 아들을 향한 내 '진심'이 떠올랐다. 간절한 만큼 그 마음이 글 속에 녹았던 것 아닐까. 그렇다면 평소에 쓴 글은 간절하지 않았단 말이 된다. 인정할 수 없었다. 아들을 향한 마음 못지않게 매일의 글쓰기에도 온 마음을 다했다. 일상을 적으면서도, 창살 사이로 비치는 햇빛을 마주하면서도 나는 늘 진지했다. 단 한순간도 허투루 글을 쓴 적이 없었다. 간절한 마음으로 써야 제대로 된 글이 된다는 사실은 당연한 말이겠지만, 늘 간절했던 나에게는 시원한 답이 될 수 없었다.

오랜 고민 끝에 다산의 책을 다시 펼쳤고, 그 안에서 답을 찾았다. 문제는 '읽는 방식'이었다. 나는 다산이 자식들에게 보낸 27통의 편지를 몇 번이나 읽었는지 모른다. 문장 하나하나를 눈에 넣듯 읽었다. 내가 정약용이 되었고, 정약용이 나인 듯했다. 아빠가 어디 갔는지도 모른 채 하염없이 기다리고 있는 아들 녀석을 떠올렸고, 편지를 쓰고 있는 다산의 마음을 정확히 헤아리며 읽었다. 다산이 쓴 한 문장을 읽고 나면 내가 하고 싶은 말 한 마디가 떠올랐다. 다산의 자식들이 철부지 행동을 했다는 내용을 읽으면서 내 아들의 잘못된 습관을 바로잡아야 한다는 공감이 절절했다.

많이 읽으면 잘 쓸 수 있다는 말이 참인지 거짓인지 단정 짓기 어려웠다. 최소한 내 경험에 비추어보자면 '얼마나 많이 읽어야 하는가'라는 문제보다는 '어떻게 읽어야 하는가'라는 명제가 더욱 중요하다고 판단됐다.

그 후로 책을 읽는 습관이 달라졌다. 닥치는 대로 읽던 습관을 버리고, 한 권의 책이라도 씹어 먹듯 읽기 시작했다. 마음에 드는 문장을 만날 때면 수십 번 반복해서 읽으며 작가의 의도와 생각을 헤아리기 위해 노력했다. 생각하며 읽는 습관은 곧바로 글쓰기에 나타났다. 6개월이 넘는 시간 동안 닥치는 대로 읽으며 악착같이 썼던 글보다, 깊이 생각하며 한 문장씩 책을 읽고 쓴 글이 훨씬 간결하고 담백했으며 진심이 담긴 것처럼 느껴졌다.

세상으로 돌아와 많은 사람들에게 내가 쓴 글을 보여주었는데, 그들의 반응 역시 내 생각과 다르지 않았다. 용기와 자신감으로 투고한 글은 출판사를 통해 세상에 나왔으며, 나는 작가가 될 수 있었다. 전국을 다니며 글쓰기와 책쓰기 강연을 하는 동안 많은 사람들이 글을 잘 쓸 수 있는 방법에 대해 고민하고 있다는 사실을 알게 됐다. '많이 읽고 쓰면 잘 쓸 수 있다'는 변함없는 진리를 중심으로 강연하고 있지만, 좀 더 확실하고 체계적인 방법을 알려주고 싶은 마음이 간절했다. 어떻게 읽어야 글을 잘 쓸 수 있는가? 이 질문에 대한 답이 바로 "강안독서"다.

누구나 글을 쓸 수 있고, 책을 출간할 수 있는 시대다. 그럼에도 불구하고 아직도 많은 사람들이 자신의 이름으로 책을 출간할 수 있다는 사실에 대해 의구심을 갖는다. 글을 잘 쓰고 싶고 출간을 하고 싶은 마음도 간절하지만 여전히 '내가 무슨 글을……'이라는 소심한 생각을 버리지 못하고 있다.

대한민국 모든 국민이 작가가 되면 좋겠다. 세상 모든 사람들이 글 쓰는 삶을 살았으면 좋겠다. 글쓰기를 통해 내가 얻은 힘과 용기, 그리고 내 글을 읽고 삶에 변화가 생긴 많은 독자들을 떠올릴 때마다 글쓰기를 전하는 것이 내 삶의 소명이라는 확신을 갖는다.

《강안독서》는 여기서 출발했다. 한 권의 책이라도 제대로 읽기만 한다면 누구나 일정 수준 이상의 글을 쓸 수 있다는 사실을 나의 경험을 통해 증명하고자 한다. 이 책을 선택한 독자는 아마도 독서와 글쓰기에 관심이 많은 사람이 아닐까 싶다. 제대로 읽고 잘 쓰고 싶은 목마름을 누구보다 잘 안다. 《강안독서》를 통해 자신의 이야기가 백지 위에 시원하게 그려지는 희열을 맛보길 바란다.

읽고 쓰는 삶을 위하여

저자 이 은 대

차례

PART 4 강안독서를 통해 얻게 되는 것들

PART 5 강안독서를 넘어

PART 6 나는 오늘도 책을 읽는다

PART 1

독서만이 살 길이다

정치, 경제 등 무엇 하나 속 시원한 일이 없다. 나라는 어수선하고 먹고 살기는 갈수록 힘들어진다. 나처럼 가진 것 없고, 과거 이력이 화려한(?) 사람에게는 삶의 무게가 더 무겁게 느껴지는 세상이다. 택시를 타도, 역이나 터미널의 TV 앞에서도, 시장 상인들 사이에서도 세상에 대한 원망과 불평이 쉴 새 없이 터져 나온다.

독서만이 살 길이다. 세상을 향해 분통을 터뜨리는 것이 진정 나를 위한 일인가 생각해봐야 한다. 무관심하라는 말이 아니다. 답답한 세상일수록 나를 바로 세워야 한다. 모든 변화는 나로부터 시작된다. 살기 좋은 세상을 만들기 위한 위대한 변화의 시작이 나로부터 비롯된다면, 그 시작의 토대가 되는 것이 바로 독서다. 텍스트를 읽는 것이 아니라 세상을 읽는 것. 우리는 이제 절박한 심정으로 책을 읽어야 한다.

1

책을 읽는다는 것

사람은 자신이 아는 만큼만 말하고 쓴다. 알지 못하는 것을 말하면 '지껄이게' 되고, 모르는 것을 쓰면 '지저분한' 문장이 된다. 학생들의 공부만 아는 것이 아니다. 살면서 듣고, 보고, 경험한 모든 것들이 이 앎에 속한다.

머리는 비어 있는데 말이 많은 사람이 있다. 자신이 비어 있음을 감추기 위해 더 열심히 말하지만, 초등학생도 알 만한 빈 깡통의 요란한 소리다. 속이 꽉 찬 글을 쓰기 위해서는 지식이나 경험이 풍부해야 한다. 여기에 더하자면, 표현력 정도가 되겠다.

그렇다면 지식이나 경험이 부족한 사람은 말도 말아야 하고 쓰지도 말아야 하는 것일까? 결코 그렇지 않다. 내가 아는 선에서 말하고 쓰면 된다. 당연히 원하는 만큼 말하지 못해 답답할 것이고, 쓸거리가 없어 고민일 터다. 독서는 이 부분에서 더할 나위 없이 좋은 해답이 된다.

책은 인류의 지식과 경험이 누적된 최고의 산물이다. 비용대비 효용가치를 논할 수 없다. 감히 말하건대, 이 세상에 쓸모없는 책은 없다. 어떻게 살아야 하는가, 무엇을 지향하며 살아야 하는가, 내 삶의 가치는 어디에 두어야 하는가 등 삶의 모든 지혜와 혜안이 그 속에 녹아 있다. 시대가 발달하고 정보의 습득이 손 안에서 이루어지는 세상이라 하지만, 종이책을 넘기며 눈과 가슴과 머리로 읽는 책의 가치를 기계 따위가 따라오려면 영원히 불가능하지 않을까.

솔직히 말하자면, 나는 아직도 《홍길동전》의 정확한 결말을 알지 못한다. 《장화홍련전》의 결말도 잘 모르고, 《빨간 망토》의 줄거리도 희미할 따름이다. 그만큼 책을 읽지 않고 성장했다. 어른이 되고, 그런 책들을 펼쳐보기란 더 힘들었다.

사회생활을 시작하면서부터 책은 더욱 멀어졌다. 멀리하는 이유도 더욱 명확해졌다. 그토록 책을 읽지 않고 성장한 내가 멀쩡하게 대기업에 입사했고, 높은 연봉을 받으며 잘 살고 있었으니 굳이 따로 시간을 내어 책을 읽을 만한 이유가 어디 있었을까. 독서를 강조하는 수많은 명언들이, 그저 현실에 적응하지 못하고 제 밥벌이조차 못하는 사람들의 궁색한 변명으로밖에 들리지 않았다.

무너지고 나서도 책을 읽지 않은 것을 후회하지 않았다. 책에서 얻을 수 있는 것이 무엇인지 몰랐으니 아쉬울 것도 없었다. 나는 좌절했고 절망했으며, 다시 일어설 힘을 잃고 말았다. 그렇게 세상의 뒤편으로 보내져 쓰라린 시간을 보냈다.

독서를 하지 않고 살았던 지난 삶을 처절하게 후회했던 것은, 바로 그 5미터 담장 안에서 처음으로 책을 펼쳤던 순간이었다. 달라이 라마의 책을 읽고 가슴을 치며 통곡했고, 포리스트 카터의 책을 읽으며 내 삶을 위로했다. 법정 스님을 만나 내려놓음과 비움을 배웠고, 류시화를 읽으며 자유를 꿈꿨다. 그들이 쓴 책 속에는 내가 겪은 모든 실패와 아픔과 절망과 회한이 그대로 담겨 있었고, 그리고 그 끝에는 희망과 용기가 함께 놓여 있었다. 책은 곧 그들의 삶인 동시에 나의 삶이었다. 나는 한 번도 본 적 없는 그들의 삶을 만나 대화를 나눴으며, 누구로부터도 받아본 적 없는 따뜻한 위로와 토닥임으로 힘을 얻었다. 다시 세상 속으로 나가 살아갈 수 있을 것 같다는 강렬한 희망과 용기! 이것이 바로 내가 책을 통해 얻을 수 있었던 최고의 선물이었다.

이 부분에서 한 가지 의문이 생긴다. 만약 내가 아주 어릴 적부터 책을 많이 읽었더라면, 나는 과연 무너지지 않고 쓰라린 경험도 하지 않을 수 있었을까?

세상의 뒤편에서 내가 만난 사람들 중에는 대단히 학식이 높고 책을 가까이 하는 이들도 많았다. 일반적인 자기계발이나 문학작품을 비롯하여 인문고전, 과학, 예술, 상식을 비롯한 수준 높은 교양서적까지 다양한 방면의 책을 섭렵한 사람들도 나와 다를 바 없이 인생의 쓴 맛을 삼키는 중이었다. 그렇다면 결국 책이란 것이 삶의 길을 바르게 잡아주는 결정적 요소는 될 수 없다는 말일까?

최소한 내 입장에서 보자면, 책이 사람을 만든다는 말에 대해서는 단언할 수 없겠지만, 독서가 시련과 고통의 순간을 견뎌내고 극복하는 데에 도움이 된다는 사실에는 한 치의 의심도 없다고 확신할 수 있겠다. 물론, 책을 많이 읽는 사람이 삐뚤어진 선택과 법에 어긋난 행동을 할 리도 만무하지만, 사례로 들 만한 예외적 인물들이 많은 관계로 이 책에서는 언급을 자제토록 하겠다.

정리해보자면, 나는 삶의 최악의 순간에서 책을 만났고 그 덕분에 고통스러운 시간들을 무사히 견뎌낼 수 있었다. 다른 사람들의 삶의 이야기를 통해 내 삶을 비춰볼 수 있었고, 공감했으며, 위로받았다. 나만 힘든 것이 아니라는 생각, 나만 버려진 듯한 혹독한 외로움에서 벗어나 다시 일어설 수 있을 것 같다는 용기를 가슴 속 깊이 새길 수 있었다.

책을 읽어야 하는 이유에 대해서는 일일이 언급하기 힘들 정도로 타당한 이야기들이 많다. 지식과 지혜를 얻을 수 있고, 사고의 깊이를 더할 수 있으며, 다양한 방법으로 삶을 바라보는 눈을 가질 수 있다. 여기에 보태 내가 겪은 경험을 바탕으로 독서의 가장 큰 효율을 말한다면, 단연코 "견디는 힘"이다.

사람은 누구나 삶의 고비를 만난다. 타인과의 비교를 통해 그 아픔의 정도를 구분 짓는 것은 의미가 없다. 자신만의 고통, 자신만의 상처, 자신만의 역경을 만나고 싸우고 이겨내면서 살아간다. 이 과정에서 어떤 사람들은 무너지고 좌절하지만, 어떤 이들은 더 높이 비상하기도 한다. 탄력 있고 질긴 고무줄은 뒤로 당길수록 힘을 받는다. 얼마나 깊이 추락했는가가 중요한 것이 아니라 얼마나 높이 튀어오를 수 있는가 하는 사실에 주목해야 한다.

견디고 이겨내는 힘, 이 고무줄의 질김과 탄력을 제대로 키우는데 독서만한 엔진은 없다. 한 줄의 문장이 가슴을 도려내고, 저자의 한 마디가 귓가를 울린다. 아무도 나에게 하지 않았던 비수 같은 말들이 한 권의 책 속에 고스란히 녹아있다.

굳이 나처럼 혹독한 시련을 겪고 난 후에야 독서의 참맛을 알 필요가 있겠는가. 내가 책을 읽고 여기까지 왔다면, 평범한 사람들이 책을 읽으면 날개를 달 수 있다. 책을 제대로 읽기만 한다면 말이다.

그런데 꽤 많은 사람들이 책을 읽으면서도 전혀 달라진 것이 없다며 불평하기도 한다. 많은 것이 변화했다며 스스로 대견해하는 사람들도 가만히 보고 있자면 별 특별한 변화가 없어 보이기도 한다. 똑같은 책을 읽었는데, 성장하는 사람과 변화 없는 사람이 구분되는 이유는 무엇일까? 책을 읽는 방법, 오직 그 한 가지 때문이다.

요즘은 다섯 살만 돼도 글자를 읽는다. 다섯 살짜리 꼬마가 빅터 프랭클의 《죽음의 수용소에서》를 읽었다고 치자. 얼마나 삶을 이해하고, 얼마나 성장할 수 있을까? 글자를 읽는다는 것과 책을 읽는다는 것은 차원이 다른 얘기다. 성인들 중에는 이처럼 책의 줄거리만을 읽으면서 '독서'하고 있다는 착각과 오해를 하는 사람들이 꽤 많은 듯하다. 읽어도 변화 없는 삶, 나는 이것을 "시간 낭비"라고 정의한다.

책을 읽는다는 것은 작가의 삶을 읽는다는 말이며, 작가의 생각을 읽는다는 뜻이다. 함께 생각하고, 함께 고민하고, 함께 사색해야 한다. 가슴에 와 닿는 한 줄의 문장을 읽으면, 그 문장에 내 삶을 투영시킬 수 있어야 한다. 눈앞에 작가를 앉혀놓고 대화해야 한다. 당신은 이렇게 생각하는군요. 나는 이런 경험을 가지고 있습니다. 그래서 당신의 생각에 동의하지만, 이 부분만큼은 제 생각이 맞는 것 같군요. 신랄하게 비판하고, 동의하고, 토론하고, 부둥켜안아야 한다.

책을 읽는다는 것은 또 다른 일생을 살아보는 것이다. 그래서 한 권을 읽으면, 충분히 아파야 하고 충분히 즐거워야 하며 충분히 불행하고 행복해야 한다. 많이 읽으면 쓸 수 있는 것이 아니라 제대로 읽어야 쓸 수 있다. 많이 읽으면 쓰고 싶은 생각만 잔뜩 부풀어 오를 뿐, 막상 백지를 대하면 머릿속이 하얘지는 이유가 여기에 있다. 어떻게 읽어야만 내 손이 미친 듯이 백지를 채워나갈 수 있는지, 강안 독서를 통해 진짜 읽기와 쓰기를 배울 수 있을 것이다.

2

취미로 읽는 시대는 갔다

길고 좁은 복도에 일정 간격을 두고 4개의 책장이 놓여 있었다. 그 삭막하고 차가운 곳에 놓인 책장의 모습은 마치 어린아이들의 방 안에 화투짝이 흩어져 있는 것만큼이나 어울리지 않게 느껴졌다. 이런 곳에 책장이라니.

학창시절 교육청에서 감사가 나온다며 허둥지둥 교실을 청소하고 딱 하루 '보여주기'식 환경정리를 했던 것처럼, 여기서도 뭔가 그럴듯한 모양새를 갖춰 교정시설로서의 책임을 다 하고 있는 것처럼 여겨지길 바라는 모양이었다.

"저기 꽂혀 있는 책을 누가 읽기라도 합니까?"

"심심풀이지 뭐. 여긴 지독히도 시간이 흐르지 않는 곳이니까."

같은 방을 쓰던 수염이 덥수룩하게 난 노인에게 물었더니 별걸 다 신경 쓴다는 투로 답변이 돌아왔다. 맞는 말이었다. 책장이 왜 거기에 있든, 누가 책을 읽든 중요치 않았다. 내 삶은 끝났고, 모든 것이 무너졌다는 사실만이 지독한 현실이었다.

정확히 한 달이 지났을 무렵, 내 생각은 완전히 달라졌다. 한 칸에 20권씩 여덟 칸, 총 4개의 책장에 꽂혀 있는 640권의 책은 나에게 오아시스이자 내가 매달릴 수 있는 전부가 되었고, 그 자리에 책이 있다는 사실만으로도 나에게는 견딜 수 있는 힘이 생겼다. 글쓰기를 만나고, 더 잘 쓸 수 있는 방법을 찾을 길이 없는 상황에서 오직 책을 읽는 것만이 유일한 희망이었기 때문이다. 무협소설, 자기계발, 에세이, 고전문학, 과학 잡지 등 그 종류와 내용을 가리지 않았다. 일단 닥치는 대로 활자를 읽고 내가 쓰는 글의 수준이 높아지길 기대할 뿐이었다. '많이 읽으면 잘 쓸 수 있다'는 이론을 철저하게 믿으며, 매일 책을 읽었다.

과거에 제대로 독서를 해본 경험이 없었던 나는 한 권을 읽는 데에도 꽤 많은 시간이 소요됐다. 쉽게 읽을 수 있는 소설의 경우에는 서너 시간이면 충분했지만, 그 외에는 최소한 이틀 정도는 읽어야 마지막 장을 덮을 수 있었다.

다행히 책은 읽을수록 속도가 빨라졌고, 나중에는 종류를 불문하고 반나절이면 충분히 한 권을 읽을 수 있게 됐다. 참고로, 그곳은 하루 종일 책을 읽을 수 있는 대단히 여유로운(?) 장소임을 잊지 말길 바란다.

하루에 두 권, 세 권씩 닥치는 대로 읽었다. 그리고 읽은 만큼 나의 글쓰기 실력도 향상되고 있다고 믿었다. 다만, 아직은 초보단계라 엄청나게 많은 독서를 더 해야 한다는 강박은 여전히 버릴 수가 없었다.

4개의 책장에 꽂힌 책들을 거의 다 읽어갈 무렵, 나는 극도의 초조함과 불안함에 잠을 이룰 수가 없었다. 이제 겨우 내가 살 수 있는 길을 찾았는데, 더 이상 읽을 책이 없다고 생각하니 가슴이 답답했다. 살면서, 책에 대한 굶주림을 느낀 것은 그때가 처음이었다. 스스로도 낯선 모습이었고, 가끔씩 내가 미쳐가고 있는 것은 아닌지 진지하게 생각할 때도 많았다. 아무튼 더 많은 책을 구할 수 없다는 현실이 상당히 힘들게 느껴진 것은 사실이었다.

"도서관이 있다고요?"

놀라운 소식이었다. 식사도 제대로 하지 않고, 밤마다 한숨을 푹푹 내쉬는 나를 보며 수염이 덥수룩한 노인이 물었다. 도대체 무엇 때문에 힘들어하냐고. 더 읽을 책이 필요하다는 말이 내 입을 통해 수줍게 튀어 나왔을 때, 노인은 또 한 번 참 별걸 다 고민한다는 투로 답했다.

"여기도 사람 사는 세상이야. 도서관도 있고, 책이라면 당신이 여기서 나갈 때까지 읽어도 다 못 읽을 만큼 쌓여 있으니까 같지도 않은 걱정하지 말고 잠이나 자!"

다음 날, 도서목록을 요청했다. 창살 사이로 건네받은 도서목록은 노인의 말대로 어마어마한 양이었다. '가나다' 순으로 잘 정리된 도서목록을 보면서 가슴 설렜던 그 기분은 글 쓰는 삶을 살아가고 있는 지금도 도저히 표현할 수 없을 만큼 묘하고 흥분되는 심정이었다.

읽고 싶은 책의 제목과 기호를 적어 제출하면, 일주일 뒤에 책이 내 손 안에 들어왔다. 한 번에 신청할 수 있는 책의 양은 다섯 권이었지만, 노인의 이름으로 다섯 권을 추가할 수 있었다. 반납해야 하는 일주일의 시간 동안 나는 열 권의 책을 매주 읽을 수 있었다.

성장과정을 함께 보낸 가족이나 친지, 그리고 친구들이 그런 내 모습을 봤다면 참 별일도 다 있다며 신통방통하게 여겼을 터다. 그만큼 책과는 담을 쌓고 살았다. 끼리끼리 논다고, 내 주변에도 책을 많이 읽는 사람은 드물었던 것 같다. 아마 지금도 책을 읽는 사람보다는 읽지 않는 사람이 더 많지 않을까.

그렇다면 나는 왜 그곳에서 미친 듯이 책을 읽었을까. 글을 잘 쓰고 싶다는 욕구로 독서를 시작하긴 했지만, 지금 생각해도 지나칠 정도로 책에 집착했던 것 같다. 단지 고난과 역경에 처한 내가 이를 견디기 위한 수단으로 책을 읽었다고 정리하기에는 뭔가 아쉽고 부족하다. 나는 내가 그토록 책에 빠졌던 이유를 '절실함'으로 답하고 싶다.

사람들은 글을 쓰고 책을 출간하는 일을 어렵게 생각한다. 영어 공부도 어렵게 생각하고, 다이어트도 어렵다고 말한다. 멋진 몸을 만드는 일도 어렵다고 하며, 악기를 배우는 것도 쉽지 않다고 한다. 나는 이렇게 많은 일들이 '어려운' 이유를 명확히 알고 있다. 그것은 바로 '하지 않아도 되기' 때문이다.

글을 쓰고 책을 출간하지 않아도 사는데 아무런 지장이 없다. 영어 좀 못해도 먹고 살 수 있고, 살 빼지 않아도 잘 살 수 있다. 멋진 몸을 만들지 않아도, 악기 하나 연주할 줄 몰라도 사는데 아무런 문제가 없다. 그래서 어렵다. 하지 않아도 되는 일은 언제나 어렵기 마련이다. 달리 말하면, 절실하지 않기 때문이다.

글을 쓰는 것은 나에게 절실함 그 자체였다. 다시 살아갈 수 있는 유일한 희망이었다. 버틸 수 있는 원동력이었고, 한 가닥 빛이었다. 그래서 어떤 이유로도 포기할 수 없었으며, 조금이라도 더 잘 쓰고 싶었다. 글을 쓰기 위해서는 절박한 심정으로 읽을 수밖에 없었고, 이것이 바로 내가 지독하게 책에 빠졌던 가장 확실한 이유다.

책을 읽는 사람은 많다. 그러나 절박한 심정으로 책 속에 빠져드는 사람은 드물다. 성장하고 변화하는 사람이 있는데 반해, 읽기 전과 아무런 차이가 없는 사람도 부지기수다. 얼마나 절박한 심정으로 책을 읽는가 하는 것이 독서의 영향을 가늠하는 중요한 기준이 되겠다.

학창시절, 독서라는 말은 자신을 소개하는 '취미'란을 채우기에 가장 적절한 단어였다. 있어 보이기도 하고, 고상한 취미로 보이기도 했다. 책을 한 권도 읽지 않으면서 '취미는 독서'였던 친구들도 많았다. 실제로 취미삼아 책을 읽는 사람들이 있다. 여가시간을 이용해 소설을 읽거나, 휴가기간 동안 한두 권의 책을 읽는 경우도 흔히 볼 수 있다. 그러나 이제는 달라져야 한다.

나는 지금 취미생활의 일부로 책을 읽는 사람들이 잘못됐다는 말을 하려는 것이 아니다. 조금 더 절박한 심정으로, 독서만이 우리 삶을 변화시키고 성장시킬 수 있는 유일한 방법이라는 생각으로 진지하게 책을 읽기를 강하게 주장하고 싶을 뿐이다.

앞서 말한 바와 같이, 취미생활은 해도 그만 안 해도 그만이다. 단지 즐기는 차원에서의 독서라면 읽는 순간의 만족과 희열이 전부가 될 우려가 높다. 책을 읽고 나면 변화해야 하고 성장해야 한다. 책을 읽었는데 아무런 변화나 성장이 없다면 책을 읽을 이유가 없다.

변화와 성장 다음으로 책을 읽어야 하는 이유는 '견디는 힘'을 키우기 위해서다. 사람은 누구나 살면서 고난을 경험하게 된다. 그때마다 좌절하고 절망하며 흔들리기에는 우리 삶이 너무 애처롭고 시간이 아깝다. 초연하게 시련을 받아들이고, 더 넓고 멀리 내다볼 수 있는 힘을 길러야 한다. 주변에서 일어나는 어떤 일도 나의 중심을 흔들지 못하도록 내공을 다져야 한다. 이것을 가능하게 만드는 것이 바로 독서다.

무너진 후에 나를 돌아보는 시간을 가졌다. 무모한 사업, 나약한 정신력, 준비 없는 실행 등 벼랑 끝에서 추락한 여러 가지 이유가 있었지만, 결국 내가 무너질 수밖에 없었던 가장 큰 이유는 책을 읽지 않아서였다. 세상을 몰랐고, 나를 몰랐으며, 생각할 줄 몰랐다. 세상을 다 안다고 자만했고, 나를 잘 알고 있다고 믿었으며, 내 생각이 전부인 줄 알았다. 책은, 그런 나를 받아줬고 일깨워주었다.

취미로 책을 읽는 시대는 갔다. 읽지 않으면 살 수 없다는 절박하고 절실한 심정으로 독서해야 한다. 남은 삶에서 만나게 될 고통과 시련의 시간은 어쩌면 우리 생각보다 훨씬 더 강력할지 모른다.

3

다독과 속독에 관한 오해와 편견

지금까지 세상에 나와 있는 책의 종류와 수가 얼마나 될까? 멀리 갈 것도 없이 동네 도서관 하나만 예로 들어보자. 2017년 5월 현재, 내가 살고 있는 주변 도서관의 현재 도서 권수는 총 28만 3천 권에 육박한다. 대도시 국립 도서관에는 아마 이보다 훨씬 많은 책이 쌓여 있을 터다.

조금은 과장된 계산을 해보자. 사람이 태어나 100년을 산다고 가정하고, 태어나는 그 날부터 매일 한 권씩 죽는 날까지 책을 읽는다면 단순한 계산 결과 3만6천5백 권을 읽게 된다. 100년 동안 매일 읽어도 동네 도서관에 비치된 책의 십 분의 일도 채 읽지 못한다는 결론이다. 유한한 시간을 살고 있는 인간의 모습이 초라하게 여겨지는 대목이다. 다독과 속독의 오해와 편견은 여기서 시작된다.

한정된 삶의 시간 안에서 책을 많이 읽기 위해서는 빨리 읽는 것

외에는 대안이 없다. 빨리 읽으면 많이 읽을 수 있고, 살아 있을 때 한 권이라도 더 책을 읽으려는 간절한 마음이 속독과 다독으로 연결되는 것이다. 예전 같았으면 귀에 들어오지도 않을 이야기겠지만, 지금은 나도 책에 대한 욕심이 남들 못지않은 편이라 충분히 공감이 된다. 책을 손에 들고 있으면서도 읽을 만한 새 책이 출간됐다는 소식이 들리면 마음이 조급해진다. 지금 손에 든 책을 빨리 읽고 새 책을 읽어야겠다는 마음에 잠을 줄이고 책을 읽는다. 한때 좀 더 빨리 읽을 수 있는 독서법에 관심을 가졌던 이유다. 아마 지금도 많은 사람들이 나와 같은 이유로 속독과 다독에 관한 독서법을 갈망하고 있을지도 모르겠다.

관점을 뒤집어보자. 사람이 한 권의 책을 읽고 나면 과연 얼마나 많은 정보와 지식, 감동과 성찰이 남게 되는 것일까. 일 년 전에 읽은 책 중에서 머릿속에 떠오르는 책이 있다면 제목과 내용을 간단히 적어보자. 기억나는 문장이 있다면 함께 적어보는 것도 좋겠고, 핵심 내용이나 주제가 명확히 생각난다면 소리 내어 읊어보는 것도 좋겠다. 한 권의 책을 읽은 기억이 얼마나 되는가? 솔직히 나의 경우에는 한두 가지 정도밖에 되지 않는다. 그런데, 주변 사람들의 경우는 나보다 더 심각했다. 읽은 책의 제목조차 생각나지 않는 경우가 허다했으며, 그 내용이나 주제를 떠올리는 것은 거의 불가능했다. 그나마 내가 책의 내용을 한두 가지 정도라도 선명하게 기억할 수 있었던 이유는, 그만큼 절박한 심정으로 책을 씹어 먹듯 읽었기 때문이었다.

다시 한 번 책을 읽는 목적에 관해 언급해야겠다. 독서의 가장 큰 목적은 변화와 성장이다. 한 권의 책을 읽었다면 아주 조금이라도 내 삶이 성장해야 하며 나의 생각이 변화해야 한다. 그렇지 않다면 취미 생활로서의 독서로 머물 뿐이다.

변화와 성장을 이루려면 어떻게 해야 하는가? 책의 내용을 제대로 이해해야 하고, 그 내용 안으로 내 삶을 투영시킬 수 있어야 한다. 단순히 줄거리만 읽는 것은 1차원적 독서이며, 내용을 이해하는 것은 2차원적 독서다. 이제 우리는 책의 내용을 바탕으로 내 삶을 비춰볼 수 있어야 하고, 사색할 수 있어야 하며, 내 삶의 철학을 세울 수 있어야 한다. 이것이 바로 3차원적 독서다. 이를 토대로 내 삶의 이야기가 타인의 삶을 변화, 성장시킬 수 있도록 책을 쓰는 것이 바로 내가 주장하는 궁극의 4차원적 독서 즉, 강안독서라 할 수 있겠다.

사람마다 책을 읽는 속도가 다르다. 타고난 재능(?)으로 한 시간 만에 한 권씩 읽는 사람도 있고, 일주일에 걸쳐 한 권을 읽는 사람도 있다. 속독을 타고난 사람이 부럽기 그지없다. 똑같이 주어진 삶의 시간 속에서 나보다 훨씬 더 많은 책을 읽을 수 있으니 얼마나 행복할까? 그러나 중요한 것은, 빨리 읽지 못한다고 해서 성장하지 못하는 것은 아니란 사실이다.

세상에는 상식이란 것이 존재한다. 상식적으로 생각하면 삶이 참 단순하고 가벼워진다. 책을 빨리, 많이 읽는 것이 성장과 변화에 중대한 결정적 요소라면 속독을 가르치는 사람은 이미 차원이 다른 존재가 되어 있어야 한다. 남들보다 더 빨리, 더 많이 읽었다면 당연히 성장하고 변화하는 속도가 빨라야 한다는 얘기다. 그런데 현실은 어떠한가. 최소한 나는, 지금까지 책을 많이 읽은 사람이 성공했다는 말은 들었어도 빨리 읽는 사람이 성공했다는 소리는 들어본 적이 없다. 이것이 우리가 아는 상식이다.

"뭔 놈의 책을 그리도 빨리 읽어?"

하루에 두세 권씩 책을 읽고 덮는 내 모습을 보면서 수염이 덥수룩하게 난 노인이 물었던 말이다. 내가 한 달 동안 40권이 넘는 책을 읽는 동안 노인은 법정스님의 《버리고 떠나기》 한 권을 줄곧 손에서 놓지 않았다. 그리고는 늘 멍한 눈으로 중얼거리곤 했다.

"마음의 바탕은 빛이요, 밝음이요, 평온이며 안락이다. 그러므로 이 마음을 샅샅이 살피는 일을 통해서 빛과 밝음이 되살아난다."

시시때때로 구박하는 말투가 밉상이라 나도 내가 읽은 책의 한 구절을 인용하며 되받아치려는데, 도무지 머릿속에 문장이 떠오르지 않았다. 한 문장씩 외우면서 책을 읽는 것은 아니었지만, 그래도 몇 달 동안 읽은 책이 2백 권이 넘는데 문장 하나 읊조리지 못하는 것이 너무나 답답했다. 노래방에 가서 책을 뒤지며 가물거리는 노래 제목이 기억나지 않을 때의 간질거림 못지않았다.

나는 조급했다. 읽는 만큼 나 자신이 성장하고 있는 거라고 착각하며 읽었다. 머릿속을 스쳐 지나는 문장들이 모두 내 안에 남는 것으로 잘못 알았다. 물론 그 중에는 단지 스쳐지나는 정도만으로도 나를 충분히 성장시키고 변화시킨 책들도 없지 않았을 것이다. 다만, 같은 시간에 백 권을 읽은 것보다 열 권을 제대로 읽는 것이 훨씬 효율적이라면 구태여 밤잠을 설쳐가며 많은 책을 읽을 필요가 있겠느냐는 생각을 했을 뿐이다.

책을 제대로 읽으면서 빨리 읽고 많이 읽는다면 이보다 더 멋진 일이 또 있을까. 그러나 이 중에서 한 가지밖에 선택할 수 없다면 당연히 "제대로 읽기"를 택해야 한다. 이 또한 상식이다.

사람이 가장 멋있게 보일 때는 바로 "그 사람다울 때"이다. 내가 가진 속도대로, 책의 참맛을 느끼며 깊이 있게 읽는 것이 최고의 독서다.

한 가지 덧붙이자면, 책은 읽을수록 자연스럽게 속도가 붙는다. 단시간에 읽는 속도를 늘이기 위해 속독법을 배우기도 하고, 눈동자 굴리는 수업을 받기도 하고, 머릿속의 뇌를 움직이는 강의를 듣기도 한다. 얼마나 효과가 있을지는 모르겠지만, 나만의 속도로 읽고 느끼며 깨닫고 쓰는 과정에 비하자면 굳이 돈 들여가며 배울 필요가 있을까 의문이다.

책을 많이 읽고 삶의 지혜를 득한 사람들은 대부분 속독보다는 제대로 읽은 사람들이었다. 다산이 그랬고, 이덕무가 그랬으며, 법정도 다르지 않았다. 느리지만 멈추지 않고 읽었으며, 생각이 필요할 때는 과감히 멈췄다. 한 권의 책이 사람을 바꾸고, 세상을 바꾼다는 말의 의미는 '빨리 읽기'에 있는 것이 아니라 '제대로 읽기'에 있다.

어떤 정보든 3초 안에 손바닥 안에서 구할 수 있는 세상이다. 무슨 제품이든 2년만 쓰고 나면 구시대 유물이 되어버리는 시대다. 자고 나면 바뀌는 세상이고, 돌아서면 변화하는 시절이다. 엄청난 변화의 속도는 우리 삶을 편리하게 바꾸고 있지만, 한편으로 '제대로 된 삶'을 돌아볼 마음의 여유를 빼앗아 버리는 악영향을 미치기도 했다.

세상의 변화를 속도로만 봤을 때, 이제 우리는 독서를 더 이상 정보획득용으로 사용할 수는 없게 되었다. 책이 아니고도 정보를 얻을 만한 도구는 차고 넘친다.

독서는 빨리 달리기 위함이 아니라, 잠시 멈추기 위해 필요한 도구다. 세상을 읽고, 나를 돌아보고, 사색을 통해 철학을 정립하고, 타인의 삶에 보탬이 될 수 있는 경험과 지혜를 나눠주는 것. 바로 이것이 진짜 독서의 가치이자 강안독서가 추구하는 읽기의 끝이다.

책은 읽는 속도와 관계없이 '매일' 읽어야 한다. 읽고 쓰는 삶은 '나'

를 돌아보는 시간을 갖도록 만들어준다. '나'를 돌아보는 시간이 중요한 이유는 겸손의 미덕을 갖출 수 있기 때문이다. 겸손이라 함은 '나'라는 사람이 여전히 부족하고 배워야 할 것이 많고 비어있음을 받아들이는 마음이다. 그래서 읽고 쓸수록 자세가 낮아진다. 낮아지니 당연히 채워질 수밖에 없다.

속독보다는 제대로 읽기를 권하는 이 글을 쓰면서도, 한편으로는 마음 한구석 찜찜함을 금할 수가 없다. 워낙 책을 읽지 않는 사람이 많으니, 차라리 속독에라도 관심을 가져 책을 읽으려는 사람들이 훨씬 낫지 않겠는가!

4

지식과 정보의 재해석

사회생활이라고는 월급쟁이밖에 해보지 않았던 내가 아무런 준비도 없이 덜컥 사표를 던지고 사업에 뛰어들었던 것은 지금 생각해봐도 아찔하기 그지없는 무모한 짓이었다. 나를 아는 주변의 모든 사람들이 도대체 왜 그런 짓을 저질렀는지 의아해했다. 당시에는 남의 속도 모르면서 함부로 그런 말을 한다며 혼자서 화도 많이 냈지만, 그때나 지금이나 나의 행동에 대한 정상적인 이유 따위는 찾아볼 수가 없다. 돈에 눈이 멀었다는 말이 딱 정답이었다.

"생각 좀 하고 살아라!"

모든 것을 잃고 무너졌을 때, 내 가슴을 가장 아프게 했던 말이다. 초등학생만 되어도 알 수 있을 만한 어처구니없는 짓을 저지르면서도 끝까지 '잘 될 거야'라는 대책 없는 낙관으로 일관했다. 사표를 내고 사업을 시작했다는 단순한 사실을 말하는 것이 아니라, 처음부터 끝까지 아무런 준비도, 전략도, 시장조사조차도 없이 무작정 시작만 하면 돈이 쏟아질 것이라는 막연한 기대감으로 일을 냈으니 오죽했겠는가.

나는 그만큼 '생각'이란 것이 없었다. 깊이 골몰하고, 이치를 따지고, 선택이 남기게 될 결과와 삶의 방향에 대해 조금도 진지하지 못했다. 빈 머리로 몸부터 움직였던 결과는 참혹할 수밖에 없었다.

많이 읽고 빨리 읽고 제대로 읽는 방법적 측면에 앞서 우리가 더 진지하게 고민해야 할 문제는 "나는 왜 책을 읽는가?"라는 근원적인 질문이다. 이 책의 전반에 걸쳐 지속적으로 독서의 목적을 변화와 성장이라고 강조하고 있지만, 사실 책을 읽는 목적은 사람마다 다를 수 있다. 단순히 재미를 위해 읽는 사람도 있고, 논문이나 시험을 준비하기 위한 수단으로 읽기도 한다. 여기서는 좀 더 진지하고 폭넓은 목적에서의 독서를 다루고자 하기 때문에 변화와 성장이라는 다소 거창한 표현을 들고 있으니 오해 없기를 바란다.

다시 원론으로 돌아가서, 그렇다면 독서가 어떻게 변화와 성장을 이끌어낼 수 있는가에 관해 좀 더 깊이 있게 생각해봐야겠다. 책을 읽을 때에는 눈으로 글자만 읽는 것이 아니라 머리로 그 내용을 생각하며 읽어야 한다. 가슴으로 느낄 수 있어야 하고, 온몸으로 공감할 수 있어야 한다. 그래야 제대로 된 독서의 가치를 얻을 수 있다.

내용을 생각한다는 것은 크게 두 가지로 구분된다. 문장이 말하는 바를 정확히 이해할 수 있느냐 하는 것이 첫 번째 '생각'이고, 그 말하는 바에 대한 나의 주관은 어떠한지 도출해내는 것이 두 번째 '생각'이다. 단순히 읽고 고개를 끄덕이는 것으로 끝내서는 안 된다. 책이 말하는 내용을 내 삶에 어떤 식으로 적용할 것인지, 그리고 적용된 내 삶을 바탕으로 타인에게 어떤 도움을 줄 수 있는지 진취적인 마음가짐으로 읽어야 한다.

가슴으로 느낄 수 있어야 한다는 말은 저자의 삶을 이해할 수 있어야 한다는 뜻이다. 책을 쓰는 저자는 어떤 식으로든 세상을 향해 '하고 싶은 말'이 있었기 때문에 출간한 것이다. 그렇다면 읽는 우리는 저자가 책을 쓰게 된 삶을 좀 더 진지하게 들어볼 필요가 있다. 이것은 단순한 지식이나 정보를 얻는 차원을 넘어선다.

온몸으로 공감할 수 있어야 한다는 말은 마치 내가 저자의 삶을 그대로 살아본 듯 또 다른 가치관과 생각을 덧입히는 작업이라 할 수 있겠다. 최근에는 '공감'이란 말이 상당히 자주 사용되고 있다. 그만큼 함께 살아가는 사회에서 타인과의 정서적 나눔이 중요시되고 있다고 해석된다. 어설픈 위로, 함께 흘리는 눈물, 등을 토닥여주는 정도로 공감의 진짜 의미를 말하기에는 뭔가 부족하다. 공감이란, 그 삶 자체를 이해하고 받아들임으로써 같이 아파하고 기뻐할 수 있을 때 비로소 의미를 가진다고 본다.

이렇듯 책 한 권을 읽음으로 인해서 우리는 생각하고 느끼고 공감하는 과정을 거칠 수 있어야 한다. 이런 과정이 반복됨으로써 깊이 있는 사색이 가능해진다.

고작 책 한 권 읽는데 뭐가 그리 거창하냐고 불평하는 사람들이 있을지 모르겠다. 만약 내가 평범한 삶을 살았더라면, 나는 아직도 책을 멀리 하며 살아가고 있었을 확률이 높다. 사랑을 해보지 않은 사람들에게 사랑이란 감정을 글로 표현한다는 것은 생각보다 쉽지 않다. 마찬가지로, 책을 통해 삶이 통째로 변한 내가 책을 읽지 않는 사람들에게 독서를 권하기가 참 만만치 않은 듯하다. '고작 책 한 권'이 쌓여 수천 권이 됐고, '고작 책 한 권'으로 시작된 독서가 전과자, 파산자, 알코올 중독자였던 나를 작가와 강연가의 삶으로 뒤집어놓았다.

경험보다 더한 진리는 없다. 내가 이 책을 쓰는 이유는, 한 사람이라도 더 책을 읽기를 바라는 마음에서다. 그래서 다른 사람들이 나처럼 혹독한 대가를 치르지 않고서도 삶의 파도를 잘 견뎌낼 수 있기를 간절히 바라기 때문이다.

지식과 정보는 차고 넘친다. 그토록 많은 지식과 정보를 얻는 방법도 너무나 쉬워졌다. 이제 우리는 어떤 지식이나 정보를 얻는 데 많은 시간과 노력을 기울일 필요가 없는 세상에 살고 있다. 내가 얻을 수 있는 정보는 옆집 꼬마 녀석도 쉽게 찾을 수 있다. 누가 더 빨리, 더 많은 정보를 손에 쥐느냐 하는 문제가 개인의 경쟁력을 판가름하는 잣대가 될 수 없다는 소리다.

그렇다면 이제 우리는 무엇을 해야 하는가? 이미 세상에 쏟아진 수많은 지식과 정보는 누구나 가질 수 있는 세상이 됐고, 그러한 지식과 정보를 머릿속에 넣는다고 해서 탁월한 경쟁력을 확보할 수 있는 시대도 아니라면, 우리가 가야 할 길은 오직 하나밖에 없다. 지식과 정보를 바탕으로 새로운 가치와 문화를 생성하는 것! 더불어 이 새로운 가치와 문화로 더 나은 삶에 보탬이 되도록 확산시키는 것! 바로 이 두 가지가 지금을 살아가는 우리가 지향해야 할 최종 목적지라 할 수 있겠다.

기존의 지식과 정보를 바탕으로 새로운 가치와 문화를 생성하기 위해서 반드시 필요한 것이 바로 사색이다. 깊이 있는 생각이 변화를 만들어낸다.

"하늘 아래 새로운 것은 없다."

지혜의 왕으로 일컬어지는 솔로몬이 기원전에 남긴 말이다. 우리가 만나는 과학, 기술, 의학, 문학 등 거의 모든 문명은 새롭게 창조되었다기보다 이미 존재하고 있던 세상의 융합이며 재탄생이라 보는 것이 타당하다. 같은 사물을 새로운 시각으로 보는 것, 고정관념을 깨고 창의적으로 받아들이는 자세, 언어가 속박하는 모든 규정에서 탈피하고 무(無)의 관념으로 세상을 바라보는 태도가 지금의 시대를 만들어냈다. 생각은 또 다른 생각을 만들어내며, 그 생각들이 모여 상상을 초월하는 발전을 이룩하고 있는 것이다.

생각하는 법을 타고 나는 사람은 없다. 생각도 훈련을 통해 만들어진다. 깊이 있는 생각 즉, 사색을 제대로 하는 습관을 기르는 최고의 방법이 독서다. 문장을 읽으며 머리로 생각하고, 가슴으로 느끼며, 온몸으로 공감하는 과정을 거쳐 나만의 새로운 진리를 만들어가는 것. 독서가 가진 최고의 힘이라 할 수 있겠다.

이쯤에서 한 가지 짚고 넘어가야겠다. 나는 이 책을 통해 속독이 그다지 중요치 않다고 주장하고 있다. 그러나 사람에 따라서는 책을 빨리 읽는 것이 지금을 살아가는 우리에게 반드시 필요하다고 역설하는 경우도 허다하다. 누구의 주장이 그럴 듯한가라는 문제는 독자의 몫에 맡기기로 하고, 그보다 더 중요한 핵심을 당부코자 한다.

만약 독서의 본질이 우리 삶을 변화시키고 성장시키는 데 있다면, 그래서 타인의 삶을 더욱 따뜻하고 풍요롭게 만드는 데 도움을 줄 수 있다면 과연 독서법 자체가 무슨 문제가 될 것인가 하는 점이다. 속도의 차이는 중요하지 않다. 다만 내가 강조하고 싶은 것은, 빨리 읽든 느리게 읽든 상관없이 한 권의 책이라도 제대로 읽고 그 가치를 내 삶에 적용하여 새로운 삶으로 거듭날 수 있기를 바란다는 사실이다.

나의 과거는 보통 사람들이 상상하기 힘들 정도로 참혹했다. 볕이 드는 창살 아래 앉아 세상을 등지고 한 장씩 읽었다. 살기 위해 책을 읽었던 시간들이 지금의 나를 만들었다. 밑바닥에서 읽은 사람이 여기까지 왔다면, 지금 이 책을 읽는 여러분은 훨씬 더 높이 비상할 수 있을 거라고 확신한다.

5

독서만이 살 길이다

어린이날을 맞아 동네에서 조그만 노래자랑 대회가 열린다는 현수막이 걸렸다. 무심코 지나치려는데 상금과 상품이 눈에 들어왔다. 1등 상품이 100만 원 상당 노트북이었다. 글을 쓰는 내 입장에서 항상 욕심나는 몇 가지 중 하나였다. 집으로 들어오기 무섭게 아들 녀석을 불러 세웠다.

"이번에 노래자랑 나가자!"

나는 온갖 달콤한 말로 아들을 설득했고, 노래를 잘 부르는 것이 사회생활에 큰 도움이 된다며 무슨 거창한 인생을 얘기하듯 침을 쏟아냈다. 급기야 아이돌 스타의 이야기까지 끄집어내며 노래를 잘 하면 성공할 수 있다는 결론에까지 이르렀다. 얘기가 길어질수록 마치 이미 1등이라도 한 것 같은 느낌이 들었고, 흥분한 나는 아들도 당연히 내 의견에 따라 주리라 믿었다. 그러나 아들은 한 마디로 거절했다.

"아빠, 내 꿈은 컴퓨터 프로그래머야."

인간이 우주를 다녀온 역사는 이미 오래 전이다. 우주여행이 생활화되는 시대도 머지않은 듯하다. 암이 더 이상 불치병이 아닌 세상이 됐고, 수명을 연장할 수 있는 의학기술이 해를 거듭할수록 발달되고 있다. 과학과 문명의 발전이 하루가 다르게 성장하는 세상, 인류는 더 편리하고 효율적인 삶을 누릴 수 있게 될지도 모른다.

그래서 뭐가 어떻다는 말인가? 세상이 발전하는 모습과 '나'의 삶을 혼동해서는 안 된다. 아무리 과학기술이 발전하고 문명이 성장한다고 해도 어차피 개인은 개인의 삶을 살아가야 한다. 문명의 혜택을 누리는 것은 외부 환경적 요소일 뿐, 개인의 삶의 철학이나 가치관에는 전혀 도움이 되지 않는다.

사람이 살아가는 데에는 외부에서 주어지는 환경도 무시할 수 없겠지만, 그보다 더욱 필요한 것이 정체성의 확립이다. 내가 누구인지, 나의 존재가치는 어떤 것이며 삶의 이유는 무엇인지 끊임없이 탐구하고 사색하면서 진정한 '나'를 찾아야 하는 길이 바로 인생이다. 그럼에도 불구하고, 많은 사람들이 자기 자신보다는 타인이나 외부 환경을 마치 '나'인 것으로 착각하며 살아가고 있다. 타인으로부터 인정받고 칭찬받아 순간적으로 기쁘고 만족스러운 감정을 마치 행복인 것처럼 잘못 알고 있다.

타인으로부터 인정받고자 하는 욕망은 인간의 본능이며, 자연스러운 바람이다. 그러나 이런 욕망이 지나치게 되면 '나'를 잃게 되는 가장 큰 이유가 된다. 평생을 부모와 선생님, 회사동료와 상사, 가족과 자식들에게 '잘 보이기 위해' 살다 보면, 삶의 끝에 이르렀을 때 나 자신에게 남는 것은 과연 무엇이 있을까? 지난 삶을 돌이키며 '나는 그들에게 인정받았어!'라고 충분히 만족할 수 있을까? 결코 그렇지 않을 것이다. 오히려 잃어버린 내 삶에 대한 원망과 회한을 그들에게 돌리며 땅을 치며 후회하게 되리라.

타인에게 인정받고, 다른 사람을 위해 살아가는 삶도 매우 중요하다. 그러나 무엇보다 가장 우선시되어야 하는 것은 바로 내 삶이다. 어떤 철학을 갖고, 어떤 가치관으로 살며, 무엇이 나를 가치 있는 존재로 만들 것인가 하는 질문을 끝도 없이 고민해야 한다. 개인의 성장은 자아성찰과 사색으로 이루어지며, 여기서 말하는 '자아'는 고정된 관념이 아니라 매 순간 변화한다는 의미를 이해해야 한다.

사춘기 청소년 시절에는 이 '자아'라는 것이 완벽히 형성되어 있지 않기 때문에 대단히 혼란스럽고 위태롭다고 한다. 내가 보기에는 어른도 마찬가지다. 자신에 대한 정체성이 확립되지 않은 어른들도 사춘기 청소년 못지않게 어설프고 위험하다. 일정한 나이까지 형성된 자아가 평생의 내 모습이 아니라, 매 순간 성장하고 변화하며 만들어지는 것이 바로 이 '자아'라는 말이다.

어떤 자아를 형성하는가에 따라 삶은 크게 달라진다. 아니, 자아를 형성해가는 과정 자체가 이미 나를 성장시키는 좋은 자양분이 된다. 그렇다면 어떻게 해야 자아를 형성하고, 정체성을 확립할 수 있을까? 여기에 대한 답도 단연코 독서라 할 수 있겠다.

책은 저자의 경험의 산물이다. 사람은 한평생 제한된 경험을 할 수밖에 없다. 책은 제한된 경험의 폭을 넓힐 수 있는 최고의 수단이다. 타인의 삶의 경험을 책을 통해 내 안으로 유입시킨다. 그렇게 유입된 타인의 삶의 경험들이 쌓이고 쌓여 다양한 경험과 생각, 그리고 철학과 가치관을 형성해갈 수 있다. 결국 책을 읽는다는 말은 다양한 삶의 경험을 내 것으로 만들어 사고의 폭을 넓히고 선택의 포용력을 키울 수 있다는 뜻이 된다.

아들의 꿈은 따로 있었다. 프로그래머가 되겠다는 아들 앞에서 노래자랑 얘기는 아무런 의미가 없었다. 세상사람 전부가 노래를 불러도 아들의 삶과는 전혀 관계가 없다. 프로그래머가 되겠다는 꿈은 아들의 정체성이었으며, 노래자랑은 그저 세상 돌아가는 외부 환경이었을 뿐이다. 내가 가고자 하는 길이 명확치 않거나 가치관이 정립되어 있지 못하면 아무 생각 없이 나도 노래를 부를 수밖에 없는 삶을 살아가야 한다.

세상이 어떻게 돌아가는지 외면하고 살아도 된다는 뜻이 아니다.

안목을 키우고, 정세를 읽으며, 세상 돌아가는 이치를 깨닫는 것도 매우 중요하다. 다만, 내 삶의 길을 명확히 알고 난 후에야 비로소 세상이란 말이 의미를 가질 수 있다는 뜻을 강조하고 싶을 뿐이다.

독서는 자아를 형성하고, 개인의 철학을 세우며, 삶의 가치관을 확립할 수 있는 최고의 수단이다. 아무리 시대가 발전하고 우주를 다녀오는 세상이라 하더라도 개인의 삶은 언제나 처음부터 끝까지 개인이 책임져야 한다. 입에 풀칠하기조차 어려웠던 시절이나 한 끼를 줄여가며 건강을 챙겨야 한다고 주장하는 지금의 시대나 '내가 살아가야 할 길'에 대한 고민과 성찰은 변함없이 지속되어야 한다.

책을 읽는 것은 이제 여름 휴가철이나 독서의 계절에만 강조되는 단기성 이벤트로서가 아니라, 마음 속 깊은 곳에서부터 절실하게 우러나오는 심정으로 머릿속에 각인해야 하는 삶의 필수요소라 할 수 있겠다.

독서만이 살 길이다. 특히 지금처럼 변화의 속도가 전례 없이 빠르고, '나'를 돌아보는 시간을 1초도 갖지 못하는 바쁜 시대에는 독서만큼 삶의 중심을 잡기에 좋은 방법이 없다고 본다. 너 자신을 알라는 철학자의 말처럼, 이제 우리는 독서를 통해 '나'를 알아야 하고, 두려움과 불안함에서 벗어나 좀 더 당당하고 의연하게 삶을 마주해야 한다.

PART 2

강안독서란 무엇인가

한 마디로, 눈에 불을 켜고 읽으라는 말이다. 건성으로 읽거나, 흥미 위주로 읽는 독서에서 벗어나 진정 내 삶을 변화시키고 성장시킬 수 있도록 진심을 다해 읽어보자는 뜻이다. 좀 더 나아가서는, 책을 쓴 저자조차 생각지도 못했던 뜻을 캐내고 정립해서 나의 것으로 만들자는 의미이며, 종국에는 내가 책을 통해 얻은 모든 것들을 다시 독자들에게 돌려줄 수 있는 글을 쓰자는 뜻까지 담겨 있다.

나는 독서를 통해 희망과 용기를 얻었고, 글쓰기를 통해 치유받았다. 내가 얻은 것은 다른 사람들도 얼마든지 얻을 수 있으며, 내가 얻은 만큼 다른 사람들에게 돌려주어야 한다는 소명이 강안독서를 만들었다.

이제 본격적으로 강안독서를 풀어내고자 한다. 이 책을 읽는 모든 사람들이 '독서'의 가치를 제대로 알고, 읽고 쓰는 삶에 함께하기를 진심으로 바란다.

1

독서의 본질

유튜브를 통해 TED 강연을 자주 보는 편이다. 무대에 서는 사람들은 각자 자신의 삶에서 성공을 이뤘거나, 자신이 처한 극한의 상황을 극복해냈거나, 세상을 바라보는 시각을 달리함으로써 삶의 변화를 이뤄낸 이른바 '귀감'이 되는 이들이다. 그들의 이야기를 통해 나는, 내 삶을 돌아보고 반성하며 앞으로 나아가야 할 길에 대해 깊이 생각하곤 한다. 한 마디의 말이 일침이 되어 가슴에 꽂히기도 하고, 부족하고 게을렀던 지난 삶을 돌이켜보기도 한다. 배운다는 말이며, 성장한다는 뜻이다.

그런데 이처럼 강연을 통해 배우고 성장하는 시간을 갖다 보면 뭔가 아쉬움이 남는다. 우선 강연시간이 매우 짧다. 무대에 선 강연가의 전반적인 삶이 보이지 않기 때문에 충분한 공감을 나누기가 어렵다. 물론 듣는 사람에 따라서는 강연가에 대해 어느 정도 사전지식을 안고 있는 사람도 없지 않겠지만, 나같은 경우에는 20분이 채 되지 않는 시간 동안 무대에 선 사람의 이야기를 100% 수용하기에는 다소 무리가 있었다. 강연 자체만 놓고 보자면, 18분이라는 시간이 듣는 사람의 집중력을 최대로 활용할 수 있는 적정한 시간이며 짧고 강력한 메시지를 전하는 최적의 시간일 수 있다. 그러나 좀 더 듣고 싶고, 알고 싶고, 배우고 싶은 내 입장에서는 '아쉬운' 느낌을 지울 수가 없었다.

책은 이러한 아쉬움을 달래기에 충분했다. 일방적인 강연이 아니라 함께 소통하고 대화하고 의견을 나눌 수가 있었다. 책을 읽는 것이 쌍방향 소통이란 사실에 대해 이해하지 못하는 사람들이 더러 있었다. 단순히 글자만을 읽는 독서에서 벗어나지 못하는 사람들의 말이다.

독서란, 저자와의 대화라 할 수 있다. 글의 내용이 이해되지 않으면 얼마든지 질문을 던질 수 있고, 그에 대한 답이 명확치 않으면 또 다른 저자의 책을 읽으면 된다. 궁금한 점이나 나의 생각과 다른 점을 발견했을 때, 읽고 사색하는 시간을 가짐으로써 저자가 말하고자 하는 바를 더욱 분명히 알 수 있으며 여기에 나의 생각과 의견을 더해 또 다른 글로 표현할 수 있는 것이다.

독서의 본질은 여기에 있다. 읽고, 생각하고, 다시 읽으며 나의 생각을 정립해 나가는 것! 때문에 한 권의 책이라도 허투루 읽어서는 안 되며, 충분한 시간을 갖고 깊이 있게 독서해야 한다.

초등학교에 다니던 시절, 가장 기다려지는 때는 소풍가는 날이었다. 하루 종일 공부하지 않고 야외로 놀러 나간다는 사실만으로도 충분히 즐겁고 기뻤지만, 무엇보다 나를 흥분시킨 것은 바로 보물찾기라는 소풍 고유의 행사였다.

학생들이 현장에 도착하기 전, 선생님들은 미리 작은 쪽지에 경품을 적어 여기저기 숨겨놓는다. 그리고는 적당한 시간이 되면 호루라기 소리를 신호로 학생들이 일제히 보물을 찾기 시작한다.

이때, 단 한 명도 자신이 서 있는 발 아래에서부터 차근차근 보물을 찾는 학생은 없다. 우르르 몰리기도 하고 흩어지기도 하면서 큰 나무 아래 혹은 커다란 바위 틈새를 뒤지기 시작한다. 어차피 보물이 숨겨져 있을 만한 장소는 정해져 있을 테고, 쓸데없이 여기저기 헤매는 것보다 확률이 높은 곳만을 찾아 뒤지는 것이 훨씬 효과적이기 때문이다.

흔히 독서를 처음 시작하는 사람들의 경우, 책의 맨 앞장부터 글자 하나 놓치지 않으려고 안간힘을 쓰는 경우가 많다. 소설을 비롯한 이야기 중심의 책들은 한 줄만 놓쳐도 내용이 엉키는 경우가 생길 수 있겠지만, 일반적인 실용서일 경우에는 사정이 좀 다르다. 300페이지짜리 책을 펼쳤을 때, 저자가 처음부터 끝까지 시종일관 핵심을 논하지는 않는다. 이해를 돕기 위해 사례를 든 경우도 있고, 자신의 주장을 뒷받침하기 위해 근거를 든 페이지도 많다. 다시 말해, 한 권의 책 속에서 저자가 말하고자 하는 핵심은 불과 몇 페이지 되지 않는다는 말이다.

책을 읽는 것도 보물찾기와 마찬가지다. 이 한 권의 책 속에서 내 삶을 변화시키고 성장시킬 수 있는 그 무엇을 찾아내는 것! 강안독서가 말하고자 하는 '독서의 본질'이 되겠다.

처음부터 끝까지 글자 하나 빼놓지 않고 읽는 독서보다 보물찾기식 독서가 훨씬 집중이 잘 된다. 읽는 재미도 쏠쏠하다. '읽어야 한다'는 강박에서 '찾아낸다'라는 재미로 독서를 대하는 태도를 바꿀 수 있다. 눈으로는 책을 보고 있지만 머릿속으로는 딴생각을 하게 되는 경험, 한 번씩 해봤으리라 짐작한다. 내용에 깊이 빠지지 않으면 당연히 잡생각이 떠오르기 마련이다. 강연이나 수업을 들을 때도 마찬가지고, 다른 어떤 일을 할 때에도 집중하지 않으면 효율은 떨어진다.

사람이 가장 집중을 잘 할 때는 언제인가? 관심과 재미를 느낄 때다. 한 시간 동안 책을 읽지 못하는 아들 녀석도 세 시간 동안 게임은 할 수 있다. 밥 먹는 것도 잊고, 화장실에 가고 싶은 것도 참는다. 대단한 집중력이다. 관심도 있고, 재미도 있기 때문이다. 독서도 마찬가지다. 책을 읽는다는 개념이 아니라, 내 삶에 도움이 될 수 있는 뭔가를 찾아낸다는 생각으로 마주하면 훨씬 더 재미있고 집중하게 된다.

책을 쓴 저자가 말하고자 하는 핵심이 '금연'이라고 가정해보자. 그런데 읽다 보니 '금주'에 관한 이야기에서 뭔가 느낌이 왔고, 자신도 금주를 통해 좀 더 건강한 삶을 살아야겠다는 각오를 다지게 됐다고 치자. 책을 덮어도 된다. 이제 독자는 '금연'이라는 책을 통해 '금주'하는 삶을 추구하게 됐다. 변화하고 성장할 수 있는 요소를 충분히 찾은 셈이다. 자신의 삶에 적용하여 '금주'를 실천하고, 나아가 '금주'를 통한 삶에서 느낀 모든 점들을 기록하여 다시 세상 사람들에게 전한다.

이 독자에게는 저자가 숨겨놓은 '금연'이라는 보물을 찾지 못했다는 사실이 별로 중요치 않다. 한 권의 책에서 찾을 수 있는 자신만의 삶의 보물을 찾아냈기 때문이다. 책을 쓰는 사람은 저자지만, 책의 주인은 독자다. 한 권의 책을 통해 무엇을 얻을 수 있는가 하는 문제는 사람마다 다르다. 그 무엇이 무엇이든 간에 이미 독자는 충분한 가치를 얻었으며, 변화하고 성장했다. 문제될 것이 뭐가 있겠는가!

게다가, '금주'를 통해 건강하고 새로운 삶을 찾게 된 독자라면 그 한 권의 책을 당연히 애호하게 될 것이다. 자신의 인생을 바꿔준 책은 반드시 또 한 번 읽게 될 테고, 결국 머지않아 '금연'이라는 핵심 주제도 찾게 될 거라는 사실을 미뤄 짐작할 수 있다.

강안독서의 핵심은 '무엇을 찾는가'가 아니라 '어떻게 찾는가'에 있다. 다시 말해, 삶에 도움이 될 수 있는 내용이라면 그 무엇이라도 상관없다는 뜻이다. 나는 소설을 읽으면서도 내 삶에 도움이 될 만한 문장을 찾을 수 있었다.

"앞으로 절대 누군가 나를 함부로 대하도록 살지 않겠다."

_ 시드니 셸던 《게임의 여왕》

"순간의 사실로 아들의 삶을 판단하는 부모가 아니라고 믿는다."

_ 미야베 미유키 《쓸쓸한 사냥꾼》

"내가 세상을 버릴지언정, 세상이 나를 버리도록 두지는 않겠다."

_ 《삼국지》

책을 읽으면서 이렇게 가슴에 와 닿는 문장을 찾는 즐거움은 이루 말할 수가 없다. 마치 내 삶을 지켜본 듯한 문장을 만날 때도 있고, 어떻게 이런 표현을 쓸 수 있을까 감탄을 금치 못할 문장도 만난다. 그럴 때면 나는 노트를 펼쳐 이런 문장들을 꾹꾹 눌러가며 베껴 쓴다. 그리고는 다시 한 번 읊조린다. 앞으로 살아가면서 반드시 명심할 수 있도록 머릿속에 각인한다.

소설의 줄거리가 어떠하든, 주제가 무엇이든 중요치 않다. 그 책을 통해 내가 얻을 수 있는 귀한 삶의 가치를 얻었다면 그것으로 충분하다. 한 번 더 강조하지만, 이렇게 변화와 성장을 위한 가치를 찾아낼 수 있는 사람은 자연스럽게 핵심주제를 파악하는 능력까지 갖추게 된다. 강안독서를 오랜 시간 실천하면, 저자가 말하고자 하는 바를 내 삶으로 받아들여 한 권의 책과 내 삶이 하나가 되는 수준에 이를 수 있다. 좋은 책을 만나 내 삶으로 만드는 것, 상상만 해도 벅차지 않은가!

2

읽기와 쓰기는 하나다

많이 읽는다고 해서 무조건 잘 쓸 수 있는 것은 아니다. 읽지 않는 사람에 비해 글쓰기 수준이 약간은 향상될 수 있을지는 모르겠지만, 잘 쓰기 위한 방법으로 '많이 읽기'에만 매달리는 것은 다소 어리석은 선택이라고 본다. 그런데 잘 쓰는 사람들을 보면, 어김없이 독서광이다. 예외가 없다. 이것은 무엇을 뜻하는가? 어떻게 읽느냐에 따라 읽기가 쓰기에 큰 도움을 주기도 하고 그렇지 않을 수도 있다는 말이다.

잘 쓰고 싶은 욕구를 충족시키기 위해 독서에 몰입하는 사람들이 있다. 그런데 한 줄도 쓰지 않는다. 잘 쓰기 위해 책을 읽는다면서 왜 한 줄도 쓰지 않느냐고 물어보면 돌아오는 대답은 한결같다.

"아직 내공이 덜 쌓인 것 같아서요. 충분한 내공이 쌓이면, 그때 가서 쓰려고 합니다."

읽기와 쓰기는 병행되어야 한다. 말이 좋아 내공이지, 어느 천 년에 내공을 쌓는단 말인가. 일만 권을 읽었다는 사람이 쓴 책을 여러 권 읽어봤다. 오백 권을 읽은 사람이 쓴 글과 별다를 바가 없었다. 많이 읽는 것이 무조건 글쓰기의 수준을 향상시킨다는 말이 힘을 얻으려면, 일만 권을 읽은 사람의 글은 오백 권을 읽은 사람의 글보다 차원이 달라야 한다. 읽기와 쓰기가 병행된 사람은 적정 분량의 책을 읽고도 얼마든지 자신이 말하고자 하는 바를 분명하고 명쾌하게 서술할 수 있게 된다. 어떻게 읽느냐 하는 문제가 중요한 이유다.

가장 좋은 방법은, 책도 많이 읽고 글도 많이 쓰는 것이다. 하지만 일상의 시간이 만만치 않다. 직장생활도 해야 하고, 집안일도 끊이질 않는다. 읽고 쓸 만한 물리적 시간에 한계가 있다. 하루를 쪼개 책을 읽고 글을 쓰려면 어느 정도는 요령과 기술이 필요하다. 짧은 시간에 효과적으로 독서하고, 읽은 내용을 나만의 것으로 재해석한 후, 다시 세상 사람들의 삶에 도움이 될 수 있는 글로 탄생시키는 것. 읽고 쓰는 삶의 최고 가치이자 바람직한 방식이라고 본다. 그렇다면 어떻게 해야 짧은 시간에 효과적으로 읽고, 그 내용을 나의 것으로 만들 수 있을까?

앞 장에서 언급한 바와 같이, 책이 나에게 무엇을 전해줄 것인가를 찾는 수동적인 독서법에서 벗어나 내가 이 책에서 무엇을 얻을 것인지 판단하고 선택하는 능동적 독서법이 필요하다. 서평이나 독후감을 쓸 때에는 저자의 의도, 책이 전하는 핵심 메시지 등을 제대로 이해하고 받아들이는 능력이 필수적이다.

그러나 책을 통해 내 삶을 변화시키고 성장시키고자 할 때에는 굳이 정해진 줄거리를 따를 필요가 없다. 한 페이지를 읽었는데, 거기서 아주 중요한 내 삶의 메시지를 얻었다면 잠시 생각할 시간을 가져야 한다. 그 메시지가 책의 핵심이든 아니든 전혀 상관없다. 중요한 것은 책이 아니라 내 삶이다. 읽어야 한다는 강박에서 벗어나 내 삶을 변화시키는 데 필요한 보물을 자유롭게 찾는 것이 재미있는 읽기 습관을 들이는 최고의 방법이다. 읽는 시간도 오래 걸리지 않고, 생각하는 시간도 길지 않다.

사람에 따라 다르겠지만, 내 경우에는 어떤 책이든 열 페이지 정도만 읽으면 거의 예외 없이 보물 문장을 발견할 수 있다. 노트에 옮겨 적으면서 다시 한 번 의미를 새기고, 내 삶에 적용할 수 있는 방법을 찾는다. 이때 중요한 것은, 삶의 경험이 사람마다 다르기 때문에 굳이 공자님 말씀만 찾으려 할 필요는 없다는 사실이다.

남들은 눈여겨보지 않는 문장이라 할지라도 내 가슴에 닿았다면 충분히 훌륭한 보물이다. 저자가 전혀 의도하지 않은 문장이라 해도 상관없다. 책의 줄거리에서 벗어나는 문장이라도 관계없다.

강안독서의 핵심은 '내'가 읽기의 주체가 되어야 하며, 책으로부터 뭔가를 얻는다는 개념보다 내가 책에서 뭔가를 찾는다는 태도가 먼저라는 점이다. 얻는다는 말은 수동적인데 반해, 찾는다는 말은 능동적이며 적극적이다. 이 단순한 한 마디의 말이 책 읽는 방식과 습관에 놀라운 변화를 가져온다. 평생 책 한 권 읽지 않았던 내가, 짧은 기간 동안 많은 책을 읽을 수 있었던 것도 책을 대하는 마음을 변화시켰기 때문이다.

이제 우리는 책 속에서 내 삶을 변화시키고 성장시킬 수 있는 보물을 찾았다. 그런데 찾는 것만으로 끝나서는 아무런 의미가 없다. 시험을 앞둔 학생이 교과서에서 중요한 부분을 찾아내 밑줄을 긋는 것만으로는 시험을 잘 치를 수가 없다. 머릿속에 넣고, 기억하고, 내 것으로 만들어야 한다. 여러 번 반복해서 읽고, 외우고, 써야만 나의 지식이 되듯이 책 속에서 발견한 보물도 일단 내 것으로 만들어야 한다. 그렇게 하기 위해 뒤따라야 하는 필수적인 작업이 바로 글쓰기다.

학창시절 나는 수학이란 과목을 떠올리기만 해도 머리가 지끈거렸다. 공식을 외우는 것도 너무 힘들었고, 설령 공식을 외웠다고 해도 문제에 어떻게 적용해야 할지 매번 새로운 문제를 대할 때마다 답답하기 짝이 없었다. 아마도 머리가 썩 좋지 않았던 모양이다.

지금 중, 고등학교 수학수업이 어떻게 진행되는지는 잘 모르겠지만 나의 학창시절에는 수학시간만 되면 어김없이 칠판 앞으로 나가 문제를 풀고 설명을 해야 했다. 내 번호는 18번, 그래서 매월 8일, 18일, 28일만 되면 엉덩이에 불이 났다. 17일에 17번 친구가 결석이라도 한 날이면, 나는 이틀 연속으로 엉덩이를 내주어야만 했다.

다른 과목의 성적은 별로인데 유독 수학시간만 기다리는 친구가 있었다. 문제를 풀고, 친구들 앞에서 설명하는 것이 너무 즐겁다고 했다. 재수 없기도 하고, 얄밉기도 했지만 더 이상 내 엉덩이를 피멍으로 물들일 수 없어서 도움을 요청했다. 친구는 기꺼이 나에게 문제 푸는 법을 가르쳐주었고, 나도 정성을 다해 배웠다. 기초부터 차근차근 배우기에는 시간상 역부족이었고, 다만 수학시간에 앞에 나가 문제를 풀고 설명할 수 있을 만큼만 족집게 과외를 받은 셈이다.

나는 앞에 나가 문제를 잘 풀었고, 친구들 앞에서 멋지게 풀이방법을 설명했다. 선생님의 표정은 내 엉덩이를 불지르지 못했다는 아쉬움으로 가득했고, 잘했다는 떨떠름한 칭찬까지 남겨주셨다.

문제를 풀고, 친구들 앞에서 잘 설명하고, 선생님의 매로부터 내 엉덩이를 보호했다는 사실보다 더 놀라운 것은, 그 후로부터 수학시험의 점수가 엄청난 폭으로 상승했다는 점이다. 덕분에 나는 얼마 남지 않은 졸업까지 전체 성적을 크게 올릴 수 있었다.

머릿속으로 공식을 달달 외우며 그렇게 열심히 공부했을 때에는 시험지만 받아도 눈앞이 새하얘졌는데, 친구들 앞에서 문제를 풀고 설명을 했더니 따로 반복하지 않아도 기억에 선명하게 남았다. 누군가에게 전하기 위해 준비하고 연습하는 과정이 사람의 기억에 얼마나 강하게 자리 잡는 것인지 그때 처음 느낄 수 있었다.

뭔가를 완벽히 내 것으로 만들고 싶을 때, 상대방에게 설명을 해주거나 설득을 해야 한다는 마음으로 준비하면 그 효과를 최대로 얻을 수 있다. 책을 읽으며 찾은 보석 같은 문장을 내 삶에 적용하고 내 것으로 만들고 싶다면, 그 문장의 내용을 다시 풀어 정리하고 쉽게 해석해서 주변의 사람들에게 전한다는 자세가 필요하다. 글쓰기는 독서를 통해 얻은 것을 진짜 내 것으로 만들고, 다른 사람의 삶에 소중한 가치를 전할 수 있다는 점에서 선택이라기보다 필수적인 습관이 되어야 한다. 읽기와 쓰기가 함께 이루어져야 함을 강조하는 이유다.

상상해보자. 내가 쓴 글을 누군가가 읽었다. 그리고 그 독자가 뭔가를 얻었다. 독자의 삶이 변화하고 성장했으며, 그래서 저자인 나에게 감사의 인사를 전한다. 나아가 그 독자는 자신의 변화와 성장 과정을 또 다른 글로 적어서 더 많은 사람들에게 선한 영향을 끼치게 된다. 내가 쓴 한 줄의 글이 세상을 바꾸고 있다. 가슴에 전율이 일어나지 않는가?

책 한 권을 읽었다고 해서 삶이 바뀌지는 않는다. 책 한 권 썼다고 해서 벤츠를 탈 수는 없다. 이것이 상식이다. 상식에서 벗어난 결과를 기대하며 독서와 글쓰기를 대하는 사람들을 경멸한다. 순진한 사람들에게 독서와 책쓰기를 돈벌이의 수단인 것처럼 광고하는 인간들이 빨리 사라지길 간절히 바란다.

읽고 쓰는 삶은 나 자신을 성장시키고 나를 바로 알게 하는 지극한 성찰의 과정이며, 읽기를 통해 얻은 모든 것들을 바탕으로 타인의 삶에 희망과 용기, 위로와 위안을 주며 더 나은 세상을 만들어가는 것이 글쓰기의 본질임을 결코 잊어서는 안 된다.

3

왜 쓰지 못하는가

흔히 잘 쓰기 위한 방법으로 다독, 다상, 다작을 꼽는다. 다상 즉, 생각을 많이 하면 잘 쓸 수 있다는 뜻이다. 역설적이긴 하지만, 쓰지 못하는 첫 번째 이유는 생각이 너무 많기 때문이다. 잘 쓰기 위한 생각, 사물이나 사람, 사건을 관찰하며 깊이 있게 들여다보는 사색은 그 정도가 깊고 많을수록 글쓰기에 도움이 된다. 그러나 대부분의 사람들은 쓸데없는 생각이 너무 많다.

잘 쓸 수 있을까, 내가 쓰는 글이 책이 될 수 있을까, 내 책을 누가 읽어보기나 할까, 출판사에 투고하면 연락이 오기나 할까, 내 책을 읽는 사람들이 흉을 보지는 않을까, 책 표지는 어떤 색깔로 할까, 사인을 미리 준비해야 하는 걸까, 책을 많이 읽지 않았는데도 쓸 수 있을까, 무엇을 써야 할까, 어떻게 써야 할까…….

글을 쓰지 못하는 핑계를 찾고자 하면 끝이 없다. 글쓰기 혹은 책쓰기 과정을 수강하는 대부분의 사람들이 이런 생각들 때문에 쉽게 시작하지 못한다. 무엇보다 중요한 것은, 머리로 생각하는 것보다 손으로 쓰는 것이 먼저라는 사실이다.

그렇다면 나는 왜 독서와 관련된 책을 쓰면서 쓰기에 관한 글로 이토록 많은 지면을 할애하고 있는 것일까? 앞서 말한 바와 같이 읽기와 쓰기가 하나이기 때문이기도 하고, 쓰기가 전제된 읽기가 다시 쓰기로 이어지는 선순환을 강조하기 위함이기도 하다.

글을 잘 쓰기 위해 내가 선택할 수 있었던 유일한 방법이 책을 읽는 것이었다. 그런데 나는 과거에 책을 읽은 경험이 없었기 때문에 초기에 아주 힘들었다. 책을 펼치면 빼곡하게 페이지를 채운 글자들이 눈에 어른거려 어지러울 지경이었다. 말 그대로 글자를 읽는 독서를 시작했다. 조금이라도 긴 문장을 만날 때면 이해하기 힘들었고, 같은 문장을 몇 번씩 읽어야만 겨우 다음 문장으로 넘어갈 수 있었다. 책 한 권을 읽는 데 며칠씩 걸릴 수밖에 없었던 이유다.

글자를 읽는 독서의 다음 단계는 문장을 읽는 독서다. 훨씬 수월했고, 이해도 잘 됐다. 독서에 '재미'를 붙인 단계였다고 기억한다. 이른바 '멋진 문장'을 필사하며 나도 언젠가 이런 문장을 쓰고 싶다는 생각을 가지게 된 단계였다.

문장을 읽는 다음 단계는 문단이다. 작가가 말하고 싶은 한 마디가 농축된 단위를 문단이라 한다. 이제는 글을 읽는 것이 아니라 작가의 생각을 따라가는 단계다. 나와 같은 생각을 가진 작가도 있고, 전혀 반대의 생각을 가진 작가도 있으며, 살면서 내가 한 번도 가지지 못했던 새로운 사유를 하는 작가도 많았다. 꽤 오랜 시간 책을 읽으며, 문단을 읽을 수 있게 되고서야 비로소 나는 사람들이 왜 책을 읽는가에 대해 조금은 이해할 수 있게 되었다.

생각을 만난다는 것, 그것은 완전히 새로운 세상과의 접목이었다. 평생을 살면서 몸으로 경험할 수 있는 모든 것들을 넘어서는 사고의 확장이었다. 창살 사이로 비집고 들어오는 오후의 햇살이 결코 내 삶의 전부가 아님을 온몸으로 느낄 수 있는 단계였다.

대부분의 독서법 관련 도서에서 강조하는 바가 여기까지다. 단어를 읽고, 문장을 읽고, 문단을 읽으면서 작가의 생각을 이해하고 새로운 사고를 열어가는 것. 그러나 나는 여기에 한 가지를 추가하고자 한다. 그것은 바로 "전달"이다. 지식과 경험, 철학적 사고, 가치관 등 책을 통해 내가 얻게 된 모든 것들을 타인, 즉 또 다른 독자에게 전달할 수 있을 때 비로소 진짜 독서가 완성된다.

지금까지 내가 서술한 바에 의하면, 결국 책을 많이 읽으면 잘 쓸 수 있는 것 아니냐는 반문이 생길 수 있겠다. 그러나 아직도 많은 사람들이 단어나 문장을 읽는 데 그치고 있으며, 문단을 읽으며 사유의 폭이 넓어진 사람들조차 글쓰기에 있어서만큼은 초보나 다름없어 보인다. 왜 이런 현상이 발생되는 것일까?

내가 안고 품는 것으로 그치기 때문이다. 읽는 것과 전달하려는 의도가 함께 이루어져야 한다. 생각을 읽고, 생각을 하고, 생각을 전달하는 것. 강안독서는 무엇보다 "전달"이라는 최종의 독서 목적에 가장 부합하는 읽기 방식이다.

혹자들은 이러한 독서 방식에 강한 의혹을 제기하기도 한다. 책을 읽는다는 것이 그저 마음 편안한 휴식이며 즐거움이어야 하는데, 지나치게 목적 위주의 독서를 강조하는 것 아니냐는 말이다. 이 질문에 관해 분명히 짚고 넘어가야겠다.

나는 세상에서 가장 쉬운 독서방법을 알고 있다. 많은 책 읽기 초보자들이 읽기를 힘들어한다. 눈이 아프다는 사람도 있고, 머리가 지끈거린다는 사람들도 많다. 집중할 수가 없어서 잠만 쏟아진다는 이들도 적지 않다. 그런 사람들에게 세상에서 가장 쉬운 독서방법을 전한다. 바로 글쓰기다. 지금 당장 책상 앞에 앉아서 A4용지 10장 분량만 써보시라. 아무런 형식도 제한도 없이 마음 가는대로 써도 좋다. 10장을 다 채웠다면, 이제 허리를 쭈욱 펴고 책을 한 번 펼쳐보라. 아마 독서가 얼마나 편안하고 즐거운 행위인지 실감할 수 있을 것이다.

휴식과 즐거움의 일종으로 책을 읽는다는 말에 적극적으로 찬성한다. 그러나 휴식과 즐거움에도 종류가 있다. 생각의 폭이 넓어지고, 깊어지며, 다양한 사고를 할 수 있게 되는 것이 얼마나 큰 휴식이며 즐거움인지 오랜 시간 책을 읽은 사람들은 반드시 공감하리라 믿는다.

다시 본론으로 돌아가서, "전달"을 최종 목적지로 향하는 독서에 대해 정리해보자. 작가의 생각과 가치관을 이해하고 공감하는 데에서 그치는 독서는 나의 성장과 변화에만 초점이 맞춰진다. 물론 여기까지만 해도 충분히 훌륭한 독서이며 바람직한 읽기다. 그러나 삶의 가치는 언제나 '나'에서 '타인'으로 이어질 때 생겨난다. 내가 얻은 모든 것들을 타인에게 나눠줄 수 있을 때 그 삶은 빛이 난다. 비단 물질적인 부에만 해당되는 말이 아니다. 이웃을 돕기 위해 수백억을 나누는 재벌도 있고, 쌈짓돈을 털어 어린아이들과 노인들을 돕는 성인(聖人)들도 있다. 책을 통해 얻은 지식과 혜안을 또 다른 이들에게 나눠주는 것 또한 그들과 다를 바가 없다. 돈을 나누면 반이 되지만, 삶을 나누면 몇 곱절이 된다.

이번 장의 소제목을 '왜 쓰지 못하는가'라고 붙이긴 했지만, 쓰지 못하는 사람은 없다는 것이 내 주장이다. 다만 쓰지 않는 사람만 있을 뿐이다. 글쓰기는 인간의 본능이다. 그렇지 않고서야 서대문 형무소나 아우슈비츠의 벽마다 글로 가득 채워진 이유를 어떻게 설명할 것인가 말이다. 극한의 상황에 처해지면 본능에 따라 행동하기 마련이다. 글쓰기는 본능임이 당연하지만, 쓰기보다는 단순히 외우고 답을 고르는 편협한 교육방식을 따라 성장하는 과정에서 단지 잠재되고 묻혀 있었기 때문에 쉽게 드러내지 못하고 있는 듯하다.

이제 내 안에 잠들어 있는 글쓰기의 본능을 깨워야 한다. 본능을 깨우는 가장 쉽고 빠른 방법이 바로 강안독서다.

한 권의 책을 읽고 쓸 수 있는 글의 종류에는 크게 네 가지가 있다. 첫째는 줄거리 요약이고, 둘째는 독후감이며, 셋째는 서평이다. 그리고 마지막 한 가지는 또 다른 책쓰기다. 줄거리 요약과 독후감은 상대적으로 쉬운 글쓰기에 속한다. 책의 내용을 정리하고, 내가 감명받은 부분에 대한 설명만 곁들여지면 충분하기 때문이다. 독후감에서 한 걸음 나아간 형태가 서평이라 할 수 있겠다. 독후감이 '나' 중심의 글이라면 서평은 작가의 의도와 나의 생각이 함께 버무려져 제3의 독자에게 전달되는 글이며, 굳이 표현하자면 '작가' 중심의 글이라 할 수 있겠다.

또 다른 책이라 함은, 내가 읽은 책의 내용, 감명 받은 부분, 작가의 철학과 가치관, 나의 생각 등 총체적 사고가 처음부터 다시 정리되고 펼쳐지는 모양새를 일컫는다. 여기서 말하는 또 다른 책이란 것이 반드시 서점에 깔려 있는 '도서'의 형태를 띨 필요는 없다. 한 장이라도 좋고 열 장이라도 좋다. 강조하고 싶은 것은, 책 한 권만 제대로 읽으면 얼마든지 '쓸 수 있다'는 말이다.

사람은 하고 싶은 말이 넘칠 때 가장 잘 쓸 수 있다. 책을 읽으면서 얻은 것이 너무 많았고, 그래서 쓸 수 있게 되었으며, 읽고 쓰는 삶을 통해 내 삶은 통째로 바뀌었다. 사람들에게 책을 읽으라고 권하고 싶었다. 이런 내 마음이 누군가에게는 건방으로 전해질 수도 있고, 때로는 오지랖으로 느껴질지도 모르겠지만, 어쨌든 나는 세상 사람들에게 독서하라는 말을 너무나 하고 싶었다. 그래서 이 책을 쓸 수 있었다.

책을 읽으면서 생각을 정리하고, 새로운 사고가 정립되고 나면 그 경험을 누군가와 나누고 싶어진다. 즉, 하고 싶은 말이 생겨날 수밖에 없다. 여기에다 위에서 말한 '쓸데없는 생각'들을 뿌리칠 수 있는 용기와 결단만 갖춘다면 누구나 쓸 수 있게 된다.

쓰지 못하는 것이 아니라 쓰지 않는 사람들만 가득하다. 잊지 말았으면 좋겠다. 글을 쓰고 책을 출간하는 사람들은 특별한 사람들이 아니라, 그저 읽고 쓰는 사람들이란 사실을.

4

강안독서의 정의

"책 속의 문장을 통해 잃어버린 내 삶의 조각을 찾아
스스로 가치를 부여하고
그 가치가 타인의 삶에 도움이 될 수 있도록
현실에 맞게 재창조하는 독서법"

1. 책 속의 문장을 통해 잃어버린 내 삶의 조각을 찾아

사람은 망각의 동물이다. 때문에 건강하게 살아갈 수 있기도 하다. 지난 삶을 모조리 머릿속에 담고 살아간다면, 아마도 나같은 사람은 하루도 견디지 못할 것이 분명하다. 잊을 수 있기에, 다시 살아갈 수도 있다. 상처와 아픔을 매일 간직하고 살아가는 사람들이 눈물과 회한에서 벗어나지 못하는 이유도 같은 맥락에서 이해할 수 있을 것 같다.

지나간 과거에 얽매여 현재를 잃어버리고 살아서는 결코 안 되겠지만, 때로는 지난 삶의 이야기가 나 자신이나 타인에게 현재를 살아가는 데 있어 큰 메시지를 전해주는 경우도 없지 않다. 과거에 발목을 잡히는 경우를 '후회'라고 한다면, 과거를 거울삼아 지금을 제대로 살아가는 형태를 '반성'이라 부를 수 있겠다. 자신의 지난 삶의 이야기를 돌이켜 지금의 삶에 도움이 되는 메시지를 끌어오는 것. 이것이 바로 강안독서의 첫 번째 단계다.

이 첫 단계가 매우 중요한 이유는, 재미있는 독서가 가능하다는 데 있다. 남의 이야기를 읽듯이 독서하는 것이 아니라, 책 속에 담겨 있는 나의 이야기를 찾는 방식이다. 당연히 재미도 있고 집중할 수밖에 없다. 마치 숨은 보물을 찾듯 문장 하나하나를 나름대로 해석할 수 있게 된다.

한 권의 책 속에는 수많은 문장들이 있으며, 대부분 저자의 삶의 경험이 담긴 글이다. 독특한 삶을 살아온 저자도 없지는 않겠지만, 사람 살아가는 모양새가 다 거기서 거기 아니겠는가. 결국 우리는 한 권의 책 속에서 내 삶의 경험과 유사한 문장들을 수도 없이 만나게 된다는 말이다.

글자를 읽는 단계로 그치게 되면, 모든 책은 그저 '읽는 행위'만 남게 된다. 그 안에서 내 삶의 경험을 떠올리고 반추하며 찾아내야 한다. 책을 읽지 않는 상태에서 머리로만 떠올리려고 하면 결코 기억나지 않던 많은 이야기들이, 책 속의 문장 하나를 통해 선명하게 수면 위로 오르는 경험을 수도 없이 많이 했다. 우리가 잊었다고 생각하는 많은 삶의 기억들은, 사라진 것이 아니라 다만 잠재되어 있을 뿐이다. 이제 책 속의 문장을 통해 무의식에 잠재되어 있던 잃어버린 기억들을 되찾아야 한다. 바로 그 기억들이 내 삶의 이야기이며, 타인의 삶에 도움을 줄 수 있는 가치이기도 하기 때문이다.

2. 스스로 가치를 부여하고

유치원에서 발표회를 준비했다. 다섯 살짜리 어린아이가 무대에 올라 그동안 준비해온 노래와 춤을 공연하려 한다. 그런데 만약 이때, 객석에 엄마와 아빠가 없다면 이 어린아이에게 발표회 자체가 어떤 의미가 있을까. 다섯 살짜리 어린아이에게 유치원 발표회는 아무런 의미가 없다. 다만, 엄마와 아빠가 자신을 바라보며 박수를 치고 환하게 웃는 모습만이 그 아이에게 의미가 있을 뿐이다. 다섯 살짜리 아이에게 삶의 가치란, 엄마와 아빠가 전부이기 때문이다.

주목할 점은 다섯 살짜리 어린아이가 아님에도 불구하고 대부분의 사람들이 부모, 배우자, 자식, 회사동료, 상사, 지인 등 자신이 아닌 타인으로부터 인정받기 위해 살아가고 있다는 사실이다. 타인으로부터 인정받기 위해 살아가는 삶이 가질 수 있는 치명적인 위험은 그 끝이 없다는 데 있다. 누군가로부터 인정받고 나면 또 다른 인정을 받기 위해 끝도 없이 노력해야 하고, 그렇게 노력한 끝에 어떤 성과를 내게 되면 다시 또 다른 인정과 칭찬을 위해 달려야 한다. 무덤 앞에 이르러 자신의 삶을 돌아보면, 참 열심히 살긴 했지만 도대체 무엇을 위해 살았는지 허무함에 빠져들 것이 뻔하다.

나 자신의 삶에 가치를 부여할 수 있는 사람은 오직 '나'뿐이다. 스스로 인정하고, 스스로 만족하며, 스스로 대견해하고, 스스로 가치를 부여할 수 있을 때 우리는 지금 당장 행복해질 수 있다. 타인의 눈치를 보는 일이 사라질 것이며, 신념과 가치관이 생겨나 불안하고 초조한 삶에서 벗어날 수 있게 된다.

2016년 5월, 〈프라임경제〉에 칼럼을 기고하기 시작했다. 내가 두 번째로 기고한 칼럼의 일부를 잠시 소개해본다.

> 사업에 크게 실패하고 세상의 뒤편으로 보내졌을 때, 5미터 담장 안에서 5월을 보낸 적이 있다. 그때의 어린이날, 어버이날, 부부의 날, 결혼기념일, 아들의 생일은 잔인함 그 자체였다. 간절히 바랐던 것은 부모님과 아들, 그리고 아내에게 선물을 주고 싶다는 생

각이 아니었다. 그저 곁에서 함께 있을 수만 있다면 더 바랄 것이 없을 것 같았다. 남들처럼 함께 밥을 먹고, 공원을 산책하며 서로 눈을 마주하고 어깨를 감싸 안아줄 수만 있다면, 그것이 행복이란 사실을 평생토록 잊지 않고 살겠노라고 수도 없이 다짐했었다. 출간을 하고, 강연을 다니면서 이제 겨우 먹고 살 만해지니까 또 다시 돈에 대한 갈망과 욕심이 서서히 모습을 드러낸다. 사람은 참 간사하다. 따뜻한 밥을 먹고, 매일 얼굴을 마주하며, 곁에서 힘내라고 다독거려주는 가족과 함께하는 이 벅찬 행복을 내 스스로 멀리 하려 한다.

_ 2016. 05. 〈프라임경제〉 이은대의 글쓰는 삶 중에서

위 칼럼의 전체 내용은 이렇다. 해마다 5월이 되면 걱정이 앞섰다. 어버이날과 어린이날, 거기다 나의 경우에는 결혼기념일과 아들 생일까지 더해진다. 쉽게 말해 돈 쓸 일이 많아진다는 뜻이다. 마음이 답답했다. 수중에 돈은 없고, 가족들 챙길 걱정에 어깨가 무거웠다. 문득 그런 생각이 들었다. 감옥에서 맞이한 5월, 그때 내가 바란 것은 오직 한 가지뿐이었다. 가족들과 따뜻한 한 끼 밥만 먹을 수 있다면 소원이 없을 것 같았다. 그런데 막상 가족들과 함께 있으니 또 다시 돈 걱정이 스물스물 기어올랐던 것이다. 나 자신이 한심하게 여겨졌고, 그 내용을 글에 담아 칼럼으로 기고했다.

만약 내가 2016년 5월에 가졌던 이런 생각을 글에 담지 않았더라

면, 아마도 내 생에 2016년 5월의 생각은 두 번 다시 기억하지 못했을지도 모른다. 그러나 글로 썼기 때문에, 이제는 죽는 날까지 2016년 5월에 가졌던 내 생각과 삶은 '가치'를 가지게 되었다.

별로 특별하지도 않은 내용이었다. 그런데 글로 써서 남기는 순간, 2016년 5월은 특별한 시간이 되었고 나는 스스로 내 삶에 특별한 가치를 부여할 수 있었다.

책을 읽으며 한 개의 문장을 만나고, 거기서 지난 삶의 흔적을 떠올려 글에 담는다. 어쩌면 영원히 묻혀 사라질 뻔한 내 삶의 조각들이 다시 내 손을 통해 가치를 부여받게 되는 순간이다. 이렇게 내 삶의 단편들이 하나씩 특별해지면서, 삶은 더욱 소중해지고 자존감은 한층 두터워진다.

3. 그 가치가 타인의 삶에 도움이 될 수 있도록

오직 나 자신의 입신과 성공만이 전부였던 시절이 있었다. 돈을 많이 벌고 성공하고 나면, 그 후에 가족도 챙기고 주변 사람들도 챙겨가면서 살아갈 수 있을 거라고 믿었다. TV를 통해 어렵고 힘들게 살아가는 사람들의 이야기를 접할 때면, 어김없이 채널을 돌리곤 했다. 나와는 다른 세상에 살고 있는 사람들 이야기에 관심을 가질 만한 여유가 없다고 여겼다. 그런 사람들의 이야기를 접하고 있으면 내 삶의 에너지를 빼앗기게 될 것만 같았다.

'나'를 중심에 두고 살아가는 것과 '나의 이익'만을 챙기며 살아가는 것은 근본이 다른 얘기다. 늘 자신을 돌아보고 성장의 씨앗을 품고, 아픔과 상처를 보듬어주며, 누구보다 '나'를 아끼며 살아가는 것은 바람직한 삶의 태도다. 반면, 부와 명예, 권력 등 물질적인 이득만을 따져가며 나만 잘 살면 된다고 믿는 이기주의는 결코 행복해질 수 없는 독선적인 삶이다.

나는 철저히 후자의 삶을 살았고, 그 결과 모든 것을 잃고 난 후에도 따뜻한 위로의 말 한 마디 건네받지 못하는 외로운 시간들을 보내야 했다.

다시 살아야겠다는 결심을 했을 때, 나는 지난 시간과는 전혀 다른 삶을 계획했다. 철저하게 '나'만을 위한 삶에서 실패했으니, 이제는 철저하게 '타인'에게 도움이 되는 삶을 살 거라고. 글을 쓰기 시작한 이유도 바로 이 부분과 맥이 통한다. 내가 책을 읽으면서 다시 살아갈 용기와 희망을 얻었듯이, 내가 쓰는 한 줄의 글도 누군가의 삶에 도움이 될 수 있을 거라는 믿음을 가지기 시작했다. 글쓰기가 힘이 들고 지칠 즈음이면, 나는 어김없이 새로운 삶에 대한 신념을 일깨웠다. 단 한 명의 독자라도 내가 쓴 글을 읽고 삶에 힘을 얻을 수 있게 된다면, 나는 기꺼이 죽는 날까지 글을 쓰겠다는 결심을 하고 또 했다.

세상 속으로 돌아와 첫 책을 출간했을 때, 생각보다 훨씬 많은 사람들이 나에게 연락을 해왔다. 자신도 글을 쓰고 싶다며 용기를 줘서 고맙다는 인사도 많았고, 힘들고 어려운 시간을 보내고 있다면서 다시 일어설 수 있을 것 같은 자신감을 가지게 되었다는 내용의 메일도 많았다.

내가 보낸 고통과 시련의 시간들이 결국 내 책을 통해 많은 사람들에게 용기와 희망으로 전달될 수 있었다. 얼마나 많은 눈물을 흘렸고 얼마나 아픈 시간들을 보냈는지 돌이켜 보기조차 싫은 나의 과거들이, 이제는 세상 사람들에게 '나도 할 수 있다'는 자신감과 희망을 줄 수 있게 되었다는 사실이 나에게 얼마나 기적같은 일인지 지금도 실감나지 않는다.

살아가면서 만나게 되는 모든 일들은 반드시 그 이유가 있다는 말에 더 이상 반박하지 않는다. 좋은 일이든 나쁜 일이든 그 일이 나에게 일어났을 때에는 반드시 이유가 있으며, 나는 이제 그 이유를 이렇게 설명하고 싶다.

"나의 경험을 있는 그대로 받아들여 타인의 삶에 도움을 줄 수 있는 스토리로 만들어라!"

사업에 실패하고 큰돈을 잃었던 경험 덕분에 돈에 관한 고민을 가진 사람들과 상담이 가능해졌다. 씻을 수 없는 꼬리표를 달게 된 덕분에 남들과 다른 아픔과 상처를 가진 사람들과 편안하게 이야기를 나눌 수 있게 됐다. 3년이란 시간 동안 인력시장에서 막노동을 한 덕분에 육체노동을 하는 사람들과 속마음까지 터놓을 수 있는 관계를 가질 수 있었다. 2년이 넘는 시간 동안 알코올 중독에 빠져 인생을 낭비했던 경험 덕분에 평범한 삶의 바깥에서 힘들게 살아가는 아웃사이더들과 무난하게 소통할 수 있는 힘을 갖게 됐다.

무엇보다 중요한 것은, 나와 함께 이야기를 나누는 모든 사람들이 자신의 마음속 진심을 있는 그대로 들려준다는 사실이다. 고개가 끄덕여진다. 듣고만 있어도 눈물이 난다. 함께 웃고, 함께 눈물을 흘릴 수 있다는 사실이 얼마나 행복한 일인지 경험하지 못한 사람들은 상상조차 할 수 없을 터다.

나의 이익만을 위해 살았던 과거의 시간 동안에는 단 한 번도 경험해보지 못한 새로운 세상이었다. 피 한 방울 섞이지 않은 사람들과 가슴을 터놓고 이야기하며 서로의 아픔과 상처를 보듬어준다는 것이 이렇게 가능한 일인지 살면서 처음 알았다. 돈으로 환산할 수 있는 가치가 아니었다.

책을 읽으면서 잃어버린 내 삶의 조각을 찾아 스스로 가치를 부여했다면, 이제는 그 가치가 타인의 삶에 도움이 될 수 있도록 해야 한다. 가치란, 나 혼자만 잘 먹고 잘 사는 데에서 만들어지지 않는다. 힘들고 어렵게 살아가는 세상 사람들에게 내 삶의 경험이 빛이 될 수 있도록 해야 한다. 그것이 바로 우리가 살아가는 목적이며 존재의 이유가 아니겠는가.

4. 현실에 맞게 재창조하는 독서법

중학교 1학년인 아들 녀석은 음식을 가리지 않고 잘 먹는다. 초등학교 4학년 때까지만 해도 얼마나 편식이 심했던지, 고기반찬이 없으면 아예 먹지도 않을 정도였다. 지금이야 살이 통실하게 올랐지만, 몇 년 전까지만 해도 보기 안쓰러울 정도로 뼈밖에 없었다.

아버지께서는 하나밖에 없는 손주가 편식을 하는 것이 못마땅해서 늘 밥상머리 교육을 하셨다. 늘 그렇듯 당신의 어린 시절 이야기를 들려주시면서.

"야 이놈아! 할애비 어렸을 적에는 하루 세 끼 먹는다는 건 상상도 못했다. 음식 귀한 줄 알아야지!"

아들이 아주 어렸을 적부터 듣던 말이기도 하지만, 왠지 별로 큰 효과가 없었던 듯하다. 할아버지 말씀을 귀담아 듣는 편인데도, 아마 귀에 쏙 들어오지는 않았던 모양이다. 나도 마찬가지고, 이 책을 읽는 대부분의 사람들도 경험한 바 있겠지만 나이 드신 어른들이 당신의 삶의 경험을 이야기할 때면 크게 와 닿지 않을 때가 종종 있다.

어른들의 진심이 담기지 않아서도 아니고, 듣는 사람의 태도가 불량해서도 아니다. 시대의 흐름에 따라 서로 공감할 수 있는 다리가 놓이지 않아서이기 때문이다.

아무리 좋은 이야기라도 현실에 맞게 재해석되지 않으면 듣는 사람이나 읽는 사람의 마음에 깊게 닿지 못한다. 하루 종일 스마트폰을 놓지 못하는 세상에서 친구들과 산과 들로 뛰어다니며 나무를 했다는 이야기가 아이들에게 얼마나 공감을 불러일으킬 수 있을까?

책을 읽고 내 삶의 조각을 찾아 가치를 부여했다면, 이제는 그 가치가 타인의 삶에 영향을 미칠 수 있도록 현실에 맞게 재창조되어야 한다. 없는 이야기를 지어내라는 뜻이 아니라, 현실에 맞는 사례가 곁들여져야 한다는 뜻이다.

"책 속의 문장을 통해 잃어버린 내 삶의 조각을 찾아
스스로 가치를 부여하고
그 가치가 타인의 삶에 도움이 될 수 있도록
현실에 맞게 재창조하는 독서법"

강안독서에 대한 정의를 살펴봤다. 책을 읽을 때 이 네 가지 부분에 초점을 맞춰 읽으면 '읽어야 한다'는 강박에서 벗어나 '재미있는 독서'로 빠져들 수 있다. 사람은 누구나 자신의 이야기를 타인에게 전달하고 표현하고자 하는 본능을 가지고 있기 때문에 억지로 읽는 독서가 아닌 자연스러운 독서를 익힐 수 있게 된다.

사실, 나는 살기 위해 읽었다. 처음에는 읽는 속도도 느렸고, 책을 읽는 것에 별 흥미도 느끼지 못했다. 읽어야 하니까 읽을 수밖에 없었다. 그러나 독서를 통해 다시 살아갈 수 있을 거라는 희망을 갖게 되었을 때, 나도 누군가의 삶에 도움을 주며 살아야겠다는 결심을 하게 된 것이다. 책을 읽고, 그 안에서 내 삶의 경험을 돌이켜 찾아내고, 다시 현실에 맞는 이야기로 재구성해 또 다른 이야기로 펼쳐내어 타인에게 전하는 것. 이제 책은 나에게 단순히 읽는 도구가 아니라 살아가는 의미와 이유를 찾을 수 있는 보석함이 되었다.

5

강안독서의 필요성

강안독서의 필요성에 앞서, 독서의 필요성에 대한 이야기를 먼저 해야겠다. 2015년 문화체육관광부가 발표한 국민 독서실태 조사결과를 보면, 우리나라 국민의 일인당 연평균 독서량은 9.1권으로 파악됐다. 한 달에 약 0.75권을 읽는다는 얘기다. 정확한 수치상으로 표현하자니 0.75권이지, 결국 한 달에 한 권도 읽지 않는다는 말이다. OECD 평균이나 다른 선진국의 이야기는 할 필요도 없고 비교할 의미도 없다. 뭘 읽기나 해야 비교도 의미가 있는 것 아니겠는가.

책을 읽지 않는 이유에 대해 지인들과 이야기를 나눈 적이 있다. 거의 대부분 스마트폰 핑계를 댄다. 손 안에서 3초 안에 모든 정보를 얻을 수 있는데, 굳이 종이책을 읽을 이유가 어디 있냐는 말이다. 스마트폰이 대세인 요즘, 독서량은 갈수록 줄어들 거라는 것이 그들의 주장이다. 말도 안 되는 논리다. 스마트폰이 나오기 전에는 어지간히 읽기나 했던가. 우리나라 국민들이 책을 읽지 않는다는 것은 이미 오래 전부터 기정사실이었는데, 이제 와서 스마트폰을 핑계로 대고 있으니. 그나마 핑곗거리가 생겼으니 다행이란 생각마저 든다.

덧붙이자면, 손 안에서 정보를 얻을 수 있다는 것과 책을 읽지 않는 현실 사이의 연결고리는 지극히 약하다. 독서의 목적은 정보획득으로만 그치지 않는다. 게다가 스마트폰으로 얻게 되는 정보는 일시적인 문제해결에만 도움이 될 뿐, 우리 삶에 근본적으로 도움이 되는 지혜와 혜안을 가지는 데에는 별 도움이 되지 못한다. 스마트폰으로 정보를 얻을 수 있기 때문에 책을 읽지 않아도 된다는 논리를 펴는 사람들은 자식들을 학교에 보낼 이유도 없지 않겠는가. 모든 정보를 스마트폰으로 얻을 수 있는데 뭣하러 자식들을 학교에 보내는가 말이다.

우리나라 국민들이 책을 읽지 않는 현실에 대해 매우 염려되는데다 자식을 키우는 애비의 심정으로 볼 때 아들이 만나게 될 미래사회가 심히 걱정되는 마음에 다소 극단적이고 비약적인 논리를 펴고 있다는 점을 이해해주길 바란다.

독서의 필요성에 대해 굳이 이 책에서 다시 논할 필요가 없다고 생각했지만, 강안독서의 필요성까지 이어서 설명하기 위해 잠시 지면을 할애키로 했다.

첫째, 책을 읽는다는 것은 타인의 삶을 읽는 행위다.

개인의 삶이 가지는 시, 공간적 제한에서 벗어나 또 다른 삶을 경험한다는 것은 그만큼 세상을 보는 눈을 넓고 깊게 만들어줄 수 있다.

둘째, 독서는 사고의 폭을 넓고 깊게 만든다.

생각하는 힘을 길러준다는 뜻이다. 저자의 생각에 공감할 수도 있고 반론을 펼칠 수도 있다. 다양한 생각을 읽으면서 사고를 유연하게 만들 수 있다. 유연한 사고는 대화와 토론의 힘으로 이어지고, 타인을 이해하는 마음까지 생겨날 수 있게 만든다.

셋째, '나'를 만날 수 있는 귀한 시간이다.

책을 읽을 때에는 단순히 글자만 읽는 것이 아니다. 저자의 삶을 읽으면서 내 삶을 생각하게 된다. 내가 걸어온 길, 내가 생각하는 세상, 나의 삶 등을 돌이키며 반성하고 앞날에 대한 비전과 가치관을 갖게 된다.

넷째, 감정의 수위를 조절할 수 있다.

하루에도 수십 번 오르내리는 격한 감정의 풍파가 얼마나 우리의 에너지를 앗아가는지 알게 된다면 꽤 놀랄 것이다. 30분만 책을 읽어도 폭발할 것 같은 감정이 가라앉는다.

비단 이뿐이겠는가! 나는 독서를 통해 삶이 180도 바뀐 사람이다. 물론, 누구처럼 책을 읽고 큰 부자가 되었다거나 흔히 말하는 '성공'을 이루지는 못했지만, 최소한 벼랑 끝에서 다시 올라와 평범한 사람들과 어깨를 나란히 하고 살아갈 수 있게 되었다. 앞서 말한 바 있지만, 책을 읽는다고 해서 당장 하늘에서 돈이 떨어지는 것도 아니고 앞길이 훤히 트이는 것도 아니다. 그러나 책을 읽으면, 살면서 만나게 되는 수많은 시련과 고통을 견뎌낼 수 있는 힘이 생긴다는 것은 명백한 사실이다.

퀴퀴한 감옥 쪽방에 앉아 책을 읽으면서 얼마나 가슴을 치고 후회했는지 모른다. 만약 내가 평소에 책을 가까이 하고 살았더라면, 역경이 닥친 순간에 이리저리 흔들리지 않고 최소한 삶의 중심은 잡고 있지 않았을까. 삶이 잔잔할 때에는 알지 못한다. 책이 얼마나 내 삶에 큰 기둥이 될 수 있는지 말이다. 시련과 고통을 피해갈 수 있는 사람은 없다. 폭풍을 만났을 때, 가슴 속에 딱 부여잡을 수 있는 든든한 중심이 마련되어 있는 사람들은 결코 흔들림이 없다.

사람들은 내게 말한다. 이제 고생 끝났으니 참 좋겠다고. 나는 고생이 끝나서 행복하다는 생각을 해본 적이 없다. 다만, 남은 생에서 어떤 고통을 만나더라도 이제는 흔들리지 않을 거라는 신념과 확신 덕분에 매 순간 행복할 뿐이다. 그래서 사람들에게 책을 읽으라고 권한다. 이것이 내가 말하는 독서의 필요성이다.

이제 독서의 필요성을 건너 강안독서의 필요성을 말할 때다. 책을 읽는 것이 우리 삶에 도움이 된다는 사실을 너무나 잘 알고 있지만,

그럼에도 불구하고 여러 가지 이유로 인해 책 읽는 것이 쉽지 않다는 사람들이 많다. 바쁜 일상 속에서 시간적인 제약도 많고, 조용히 앉아 책을 읽을 만한 환경도 갖춰지지 않으며, 무엇보다 먹고 살기 바쁘니 책 읽을 만한 마음의 여유가 없기 때문이기도 하다.

나는 강안독서를 크게 두 가지의 이유로 사람들에게 권한다. 첫째는 '책을 읽는 이유'이고, 둘째는 '재미'다.

강안독서의 필요성 – ① 책을 읽는 이유

철학자 니체와 《죽음의 수용소에서》를 쓴 빅터 프랭클은 같은 말을 남겼다.

"살아야 할 이유를 아는 사람은 어떤 상황에서도 견딜 수 있다."

나는 이 말을 상당히 인상적으로 읽었다. 아무리 힘들고 어려운 일이 있어도 내가 살아야 할 이유, 내가 이 일을 해야만 하는 이유, 내가 아침에 일찍 일어나야 하는 이유, 내가 글을 써야 하는 이유, 내가 책을 읽어야 하는 이유 등을 선명하게 나 자신에게 설명할 수 있다면 모든 것이 가능하다는 믿음이 생겨났기 때문이다.

평소에 책을 읽지 않던 사람이 갑자기 책을 읽기는 상당히 힘이 든다. 우선 글자를 읽는 행위 자체가 익숙지 않고, 머릿속에 떠오르는 상념들을 지우고 집중하기도 대단히 힘이 든다. 한 권을 다 읽으려면 꽤 시간과 공을 들여야 하는데, 손에 쥔 책을 빨리 읽어야 한다는 강박 또한 무시할 수 없기 때문에 조급함과 불안한 심리가 책을 내려놓는 데 한몫하게 된다.

강안독서는 "읽는 행위"보다는 "발췌 행위"에 더 초점을 맞춘다. 책이 전하고자 하는 내용보다는 내가 읽고자 하는 내용이 먼저다. 저자가 전하고자 하는 의도도 중요하지만, 나에게 전해지는 의미가 더욱 중요하다는 뜻이다. 이 부분이 왜 중요한가? 읽어야 한다는 강박에서 벗어날 수 있는 최고의 방법이기 때문이다. 한 페이지를 읽어도 좋고, 한 문단을 읽어도 좋다. 한 권의 책에서 내가 얻을 수 있는 의미 있는 뭔가를 찾아냈다면 그것으로 충분하다. 그러니 빨리 읽어야 한다는 강박에서도, 처음부터 끝까지 모두 읽어야 한다는 강박에서도 얼마든지 벗어날 수 있다. 아울러, 이렇게 내 삶에 도움이 되는 메시지를 찾아낸 책은 결국 다시 펼치게 되어 있으며, 여유를 가지고 매일 조금씩 읽는 맛에 심취할 수 있다.

강안독서를 하는 이유는, 책에 담긴 내용 중에서 내 삶의 소중한 조각을 찾아내 가치를 부여하고 타인의 삶에 도움이 되도록 현실에 맞게 재창조하기 위해서다. 내 삶의 소중한 한 조각을 찾아냈으면 일단 책을 덮어도 된다. 이를 시작으로 타인의 삶에 도움이 될 수 있는 한 줄의 글을 쓸 수 있다면, 이미 강안독서는 완성된 것이나 다름없다.

내 삶에 도움이 될 거라는 희미한 믿음만으로 책을 읽기에는 현실의 벽이 녹록치 않다. 그러나 내 삶은 물론이고 타인의 삶에까지 영향을 미칠 수 있는 독서라면, 책을 대하는 마음가짐이 근본부터 달라질 수 있을 것이다.

강안독서의 필요성 – ② 재미

요즘 아이들에게 있어서 게임 없는 세상이 상상이나 될까? 여름휴가로 가까운 바다에 다녀온 날, 하루 종일 물놀이를 하고 지칠 대로 지친 아들과 조카들이 새벽 두 시까지 게임을 하다가 잠든 적이 있다. 그 모습을 보면서, 역시 아이들은 자신들이 재미를 느끼는 뭔가를 할 때에는 피곤이고 뭐고 없구나 싶은 생각이 들었다. 그런데 이런 경우가 어디 아이들뿐이겠는가.

사람은 누구나 '재미'를 느끼는 일에 몰입하게 된다. 하기 싫은 일을 억지로 할 때에는 시계만 쳐다보게 되고, 하지 않을 핑계를 수도 없이 찾게 되지만, 재미있고 흥미를 느끼는 일을 할 때에는 주변의 환경이나 조건들을 크게 따지지 않는다. 만약 책을 읽는 행위에 '재미'를 더할 수 있다면 굳이 독서를 하라고 강조할 필요조차 없게 되지 않을까.

이미 책을 많이 읽는 사람들은 독서가 얼마나 재미있고 유익한 것인지 잘 알고 있다. 그래서 멈추라고 해도 멈출 수가 없다. 평생 책만 읽으며 살아갈 수 있기를 바라는 사람들도 셀 수 없이 많을 거라 짐작한다. 그러나 평소에 책을 가까이 하지 않거나, 아직은 억지로 책을 읽고 있는 사람들에게는 우선 독서에 재미를 붙이는 것이 선행되어야 할 과제다. 책을 많이 읽어서 자연스럽게 독서의 재미를 터득하게 되는 것이 순서겠지만, 가능한 방법이 있다면 재미를 먼저 붙여 독서에 빠져들게 되는 것도 나름 의미 있다고 본다.

나는 골프를 쳐 본 적도 없고, 낚시를 해본 적도 없다. 골프와 낚시를 취미로 가진 사람들에게 골프와 낚시에 관해 질문을 하면, 그들은 온 마음을 다해 나에게 설명해준다. 특히 말할 때 그들의 눈빛은, 세상 누구보다 따뜻하고 친절하며 그들 스스로 흥미진진해진다.

내가 겪은 삶의 경험을 바탕으로 누군가에게 이야기를 전할 때, 그 재미와 흥분은 말로 표현하기 힘들 정도다. 게다가 그 전하는 메시지가 선한 영향일 때, 우리는 비로소 진짜 '재미'를 경험하게 된다.

강안독서를 권하는 이유는, 책을 읽어야 하는 이유와 필요성을 스스로에게 납득시켜 자연스럽게 독서할 마음을 생겨나게 만들고, 책을 통해 선한 영향을 세상에 전하는 재미를 느낄 수 있기 때문이다.

PART 3

강안독서의 방법

강안독서의 이해를 돕기 위해 그 단계를 다섯 개로 구분했다. 초반에는 다섯 단계를 구분지어 연습하는 것이 도움이 되겠지만, 결국은 자연스럽게 하나로 이어지는 독서법으로 자리 잡게 될 것이다. 운전을 처음 배울 때에는 시동을 걸고 기어를 넣고 엑셀을 밟는 행위들이 따로 구분되어 보이지만, 막상 차를 몰고 도로에 나가면 이 모든 행동들이 하나로 이어지는 것과 같은 맥락이다.

5단계를 시작하기에 앞서 선행되어야 할 과제는, 책을 읽으면서 내 마음에 꽂히는 부분을 찾는 것이다. 이 과정에 대한 설명을 따로 하지 않는 이유는, 같은 책이라도 읽는 사람에 따라 깊게 다가오는 부분이 모두 다르기 때문이다. 정답은 없다. 어떤 내용이든 내 마음을 움직였다면, 곧바로 강안독서의 5단계를 적용시킬 수 있다.

1

강안독서 1단계

"이해Comprehend"

일단은 무슨 말인지 알아야 한다. 책을 읽고 무슨 뜻인지 도통 이해할 수 없다면 다음 단계는 모두 무의미하다. 자신에게 맞는 책을 골라 읽어야 한다는 말과도 같은 뜻이다. 참고로, 이 책에서는 전문적인 학술지나 논문 등의 서적을 논하지는 않는다. 대부분의 사람들이 쉽게 이해할 수 있는 평이한 책을 예로 설명코자 한다. 아래 예문을 읽어보자.

(중략) 그리고 연습량 자체보다도 그 시간에 얼마나 완벽하게 집중하는가에 더 비중을 둔다. 그래서 그녀는 일단 연습이 시작되면 사사로운 감정과 잡념은 모두 접어두려 노력한다.

이런 훈련이 힘을 발휘하는 건 바로 공연 무대에서다. 맡은 역할이 코스모스같이 청순한 줄리엣이건 농익은 관능미를 자랑하는 여간첩 마타 하리건 앙탈스러운 말괄량이 캐서리나건, 자신이 연기하는 '그녀'에 완전히 몰입할 때 관객들도 공연에 흠뻑 빠져들 수 있음을 느낀다. 그 사이에 인간 수진이 끼어들 틈은 없다. 그러니 수진 자신이 강조했다시피, 무대 위에서 강수진이라는 개인은 완전히 사라져야 하는 존재인 것이다.

_ 장광열 《당신의 발에 입 맞추고 싶습니다》 중에서

강수진은 세기의 발레리나로 일컬어진다. 그녀의 삶의 이야기는 뭇사람들에게 늘 커다란 희망과 용기를 주며, 감동과 전율을 느끼게 만든다. 발레에 관한 전문용어나 그녀가 소속된 슈투트가르트 발레단, 그리고 그녀가 공연했던 무대 등에 관한 이야기는 발레에 익숙지 않은 사람들에게 다소 생소하게 여겨질 수 있다. 그러나 위에 예시된 문장들은 초등학생이 읽어도 어렵지 않은 단순하면서도 뼈있는 내용이다. 위의 문장이 수록된《당신의 발에 입 맞추고 싶습니다》라는 책이 만약 상당히 어려운 내용으로 가득한 책이라 할지라도, 이 부분만으로도 충분히 책의 가치를 가질 수 있다고 보는 것이 바로 강안독서의 시작이다.

너무 쉽게 느껴질지도 모르겠지만, 연습 삼아 위 예문으로 "이해" 단계를 정리해보자. "이해" 단계를 가장 효과적으로 연습하는 방법은 읽은 내용을 다시 요약정리해보는 것이다.

I. 강안독서 1단계 “이해”

> 강수진은 연습도 많이 하는 사람이지만, 연습량보다는 집중에 더 비중을 둔다. 모든 상념을 접고 오로지 발레에 집중한다. 그래서 무대에 서면 완벽히 맡은 역할에 몰입할 수 있다. 자신을 완전히 배제하고, 맡은 역할 자체가 되는 것! 강수진의 발레가 세계 최고라 일컬어지는 근본 이유라 할 수 있겠다.

만약 요약정리를 하는 데 있어서 어려움이 있다면, 아직 완벽하게 “이해”하지 못했다는 뜻이다. 여기서 한 가지 주의할 점이 있다. 자신이 글을 잘 쓰지 못한다는 선입견을 가진 사람들이 많다. 그렇다 보니 요약정리조차 글을 잘 쓰지 못한다는 이유로 회피하는 경우가 잦다.

명심해야 할 것은, 지금 우리가 연습하는 강안독서의 단계는 누구에게 보여주기 위함이 아니란 사실이다. 글을 잘 쓰고 못 쓰고는 중요하지 않다. 스스로 “이해”를 잘 하고 있는지 확인하는 것이 전부다. 문장에 초점을 맞추지 말고, 내용을 이해하고 있는지 여부에 중점을 두어야 한다.

요약정리에 자신감이 붙으면, 가급적 세 줄로 요약하는 습관을 들일 것을 권한다. 분량이 중요한 것은 아니지만, 이렇게 제한을 두지 않으면 읽은 내용을 성의 없이 요약하거나 장황하게 정리하게 되는 경우가 발생할지도 모를 일이다. (분량에 맞춰 글을 쓰는 것은 문장력 향상에도 큰 도움이 된다.)

※ 강안독서 1단계 – "이해" 연습문제 :

아래 내용을 읽고 자신만의 방법으로 요약정리를 해보자.

나는 엄청난 실패를 겪고서야 비로소 교훈을 얻었다. 역경을 겪으며 박살이 나서야 비로소 변화가 필요함을 알게 되었다. 세상의 모든 사람들이 나처럼 혼쭐이 나고서야 성공하는 것은 아니다. 실패가 주는 교훈도 상당히 값지긴 하지만, 그렇다고 해서 하지 않아도 될 실패를 굳이 경험할 필요는 없다. 독서와 경청은 타인의 경험을 내 것으로 소화할 수 있는 최선의 방법이다. 독서와 경청을 통해 내가 겪은 참혹한 실패를 피해갈 수 있다면 당연히 그렇게 하는 것이 옳지 않을까.

독서와 경청은 내 소중한 삶에 밥을 주는 행위와 같다. 하루 세끼 식사를 하는 것이 너무도 당연하듯 책을 읽는 것과 다른 사람의 말에 귀를 기울이는 것은 할까 말까 망설여지는 선택의 문제가 아니라 반드시 해야만 하는 필수 요소이다. 성공을 향해 가는 여정에서 독서와 경청은 빠질 수 없는 우리의 습관이 되어야만 한다.

_ 이은대 《최고다 내 인생》 중에서

세 줄 요약정리

2

강안독서 2단계

"선택Choice"

키워드를 뽑아내는 단계다. 강안독서의 핵심은 책의 내용을 바탕으로 내 삶의 조각을 찾는 일이다. 내 삶의 조각을 찾아내기 위해서는 잊고 살았던 기억을 되살려야 하고, 기억을 되살리기 위해서는 계기가 될 수 있는 영감의 단어를 떠올려야 한다. 가만히 앉아 머릿속으로 생각만 하면 떠오르지 않던 오래 전 기억들도 어떤 '단어' 하나가 불꽃이 되어 되살아나기도 한다.

키워드라고는 하지만 굳이 '명사형 단어'일 필요는 없다. 짧은 문장 전체가 키워드가 될 수도 있고, 수식어구 하나가 키워드가 될 수도 있다.

(중략) 그리고 연습량 자체보다도 그 시간에 얼마나 완벽하게 집중하는가에 더 비중을 둔다. 그래서 그녀는 일단 연습이 시작되면 사

사로운 감정과 잡념은 모두 접어두려 노력한다.

이런 훈련이 힘을 발휘하는 건 바로 공연 무대에서다. 맡은 역할이 코스모스같이 청순한 줄리엣이건 농익은 관능미를 자랑하는 여간첩 마타 하리건 앙탈스러운 말괄량이 캐서리나건, 자신이 연기하는 '그녀'에 완전히 몰입할 때 관객들도 공연에 흠뻑 빠져들 수 있음을 느낀다. 그 사이에 인간 수진이 끼어들 틈은 없다. 그러니 수진 자신이 강조했다시피, 무대 위에서 강수진이라는 개인은 완전히 사라져야 하는 존재인 것이다.

_ 장광열 《당신의 발에 입 맞추고 싶습니다》 중에서

Ⅰ. 강안독서 1단계 "이해"

강수진은 연습도 많이 하는 사람이지만, 연습량보다는 집중에 더 비중을 둔다. 모든 상념을 접고 오로지 발레에 집중한다. 그래서 무대에 서면 완벽히 맡은 역할에 몰입할 수 있다. 자신을 완전히 배제하고, 맡은 역할 자체가 되는 것! 강수진의 발레가 세계 최고라 일컬어지는 근본 이유라 할 수 있겠다.

자, 이제 앞서 예로 들었던 《당신의 발에 입 맞추고 싶습니다》라는 책의 일부분에서 키워드를 뽑아보자. 키워드를 뽑을 때에는 책 속의 문장을 있는 그대로 놓고 뽑을 수도 있지만, 이왕이면 1단계에서 정리한 세 줄 요약도 함께 참고하는 것이 좋겠다.

다시 한 번 말하지만, 정답은 없다. 지금 내가 예로 드는 키워드와 자신이 선택하게 되는 키워드가 다르다 하더라도 전혀 문제될 것이 없다. 키워드를 뽑는 것은 내 삶의 기억의 조각들을 되살려 내기 위함이다. 따라서 사람마다 키워드가 다른 것이 오히려 정상이라고 본다.

II. 강안독서 2단계 "선택"

① 연습

② 집중

③ 몰입

④ 자신을 완전히 배제

⑤ 세계 최고

나는 이렇게 다섯 개의 키워드를 뽑았다. 지금은 독자들에게 강안독서의 5단계를 설명하기 위해서 키워드를 뽑았지만, 만약 내가 처한 상황과 환경 그리고 시기가 달라진다면 키워드 또한 얼마든지 바뀔 수 있다.

결국 키워드를 선택하는 것은 사람에 따라서도 다르고, 같은 사람이라 할지라도 처해 있는 상황과 환경에 따라 달라질 수 있다는 말이다. 책을 읽는 목적 즉, 이 책을 통해 무엇을 얻고자 하는지에 따라서 키워드가 달라질 수 있음도 두 말할 필요가 없겠다.

키워드를 선택하는 것은 각자의 마음이라고 했지만, 최소한 5개 정도의 키워드를 뽑아낼 것을 권한다. 잊고 살았던 기억을 되살려 내려면 키워드가 너무 적어도 힘들고, 또 너무 많으면 복잡해지기 때문이다. 어디까지나 권장사항일 뿐이지만, 초기 연습단계에서는 내 경험을 그대로 따라주길 당부하고 싶다. 요약정리는 세 줄, 키워드는 5개!

※ 강안독서 2단계 : "선택" 연습문제

나는 엄청난 실패를 겪고서야 비로소 교훈을 얻었다. 역경을 겪으며 박살이 나서야 비로소 변화가 필요함을 알게 되었다. 세상의 모든 사람들이 나처럼 혼쭐이 나고서야 성공하는 것은 아니다. 실패가 주는 교훈도 상당히 값지긴 하지만, 그렇다고 해서 하지 않아도 될 실패를 굳이 경험할 필요는 없다. 독서와 경청은 타인의 경험을 내 것으로 소화할 수 있는 최선의 방법이다. 독서와 경청을 통해 내가 겪은 참혹한 실패를 피해갈 수 있다면 당연히 그렇게 하는 것이 옳지 않을까.

독서와 경청은 내 소중한 삶에 밥을 주는 행위와 같다. 하루 세끼 식사를 하는 것이 너무도 당연하듯 책을 읽는 것과 다른 사람의 말에 귀를 기울이는 것은 할까 말까 망설여지는 선택의 문제가 아니라 반드시 해야만 하는 필수 요소이다. 성공을 향해 가는 여정에서 독서와 경청은 빠질 수 없는 우리의 습관이 되어야만 한다.

_ 이은대 《최고다 내 인생》 중에서

❶ 이해 : 세 줄 요약정리

❷ 선택 : 키워드 5개 선택

3

강안독서 3단계
"회상Remembrance"

2단계에서 뽑아낸 키워드를 통해 본격적으로 내 삶의 잃어버린 기억의 조각들을 찾는 과정이다. 길을 걷다가 쇼윈도에 비친 물건을 보았을 때 문득 어린 시절의 기억이 떠올랐던 경험, 오래 전 좋아하던 노래가 라디오를 통해 흘러나왔을 때 학창시절의 추억이 떠오르는 경험, 음식을 먹다가 불현듯 과거를 회상하게 되는 경험 등을 해 본 적이 있으리라 짐작된다. 사람은 망각의 동물이지만, 특별한 사물이나 사건을 계기로 잊고 살았던 기억이 떠오를 수 있다. 단어도 마찬가지다. 책을 통해 뽑아낸 몇 가지의 단어를 유심히 들여다보고 있으면, 과거의 경험들을 얼마든지 되살려낼 수 있다.

한 가지 문제의 소지가 있다. 과거의 삶을 돌이키다 보면 굳이 기억하고 싶지 않은 일들, 예를 들면 아픔이나 상처, 배신, 분노, 공포,

외로움, 절망 등 부정적 감정까지 함께 일어나는 경우 또한 적지 않다. 겨우 잊고 살았는데 다시 떠올려 현재의 삶에 좋지 않은 영향을 미치는 것은 아닐까 염려하는 사람들이 분명 있을 것이다.

《내가 글을 쓰는 이유》라는 책에서 이미 말한 바 있지만, 감정이란 가슴 속에 묻어둔다고 해서 치유가 되거나 사라지는 것이 결코 아니다. 아무리 오랜 세월이 흘러도, 치유되지 않은 감정은 그대로 존재하고 있으며, 오히려 곪을 대로 곪아 우리를 더 힘들게 하는 경우도 적지 않다. 나는 어떤 강연을 하더라도 반드시 첫 시작을 동일한 멘트로 한다.

"저는 전과자입니다!"

맨 처음 강연무대에 서서 이 말을 내뱉을 때에는 가슴 속에서 뭔가 울컥 치밀어 오르는 듯한 느낌을 참을 수가 없었다. 내가 굳이 이 낯선 사람들 앞에서 전과자라는 사실을 밝힐 이유가 있을까. 수도 없이 고민했고 주저했다. 그러나 수많은 강연 무대에서 똑같은 말을 되풀이하니까 지금은 전과자라는 사실이 그다지 아픔으로 여겨지지 않는다. "저는 전과자입니다!"라고 말하면서 나도 웃고 청중도 웃는다. 이것이 진짜 치유다. 감추고 숨기고 참고 견디는 것이 치유가 아니라 드러내고 보듬어주고 당당해질 수 있는 것, 아픈 상처일수록 끄집어내야 하는 이유다.

(중략) 그리고 연습량 자체보다도 그 시간에 얼마나 완벽하게 집중

하는가에 더 비중을 둔다. 그래서 그녀는 일단 연습이 시작되면 사사로운 감정과 잡념은 모두 접어두려 노력한다.

이런 훈련이 힘을 발휘하는 건 바로 공연 무대에서다. 맡은 역할이 코스모스같이 청순한 줄리엣이건 농익은 관능미를 자랑하는 여간첩 마타 하리건 앙탈스러운 말괄량이 캐서리나건, 자신이 연기하는 '그녀'에 완전히 몰입할 때 관객들도 공연에 흠뻑 빠져들 수 있음을 느낀다. 그 사이에 인간 수진이 끼어들 틈은 없다. 그러니 수진 자신이 강조했다시피, 무대 위에서 강수진이라는 개인은 완전히 사라져야 하는 존재인 것이다.

_ 장광열 《당신의 발에 입 맞추고 싶습니다》 중에서

I. 강안독서 1단계 "이해"

강수진은 연습도 많이 하는 사람이지만, 연습량보다는 집중에 더 비중을 둔다. 모든 상념을 접고 오로지 발레에 집중한다. 그래서 무대에 서면 완벽히 맡은 역할에 몰입할 수 있다. 자신을 완전히 배제하고, 맡은 역할 자체가 되는 것! 강수진의 발레가 세계 최고라 일컬어지는 근본 이유라 할 수 있겠다.

II. 강안독서 2단계 "선택"

① 연습

② 집중

③ 몰입

④ 자신을 완전히 배제

⑤ 세계 최고

앞에서 내가 뽑아낸 다섯 개의 키워드를 보면서 내 삶의 기억의 조각들을 찾아보도록 하자.

Ⅲ. 강안독서 3단계 "회상"

① 연습

글쓰기 연습, 감옥, 미친 듯이 썼다, 글쓰기 책, 독서, 일기, 편지, 소설, 오직 글쓰기, 살아야 할 이유, 글을 쓰면서 마음의 평온을 얻다…….

② 집중과 몰입

글을 쓸 때면 항상 집중했다, 의도하지 않아도 저절로 집중이 되었다, 좋아하는 일, 저절로 집중, 순식간에 시간이 흘렀다, 집중하면 마음이 고요해진다, 덕분에 많은 글을 쓸 수 있었다, 무슨 일이든 집중해야 한다…….

③ 자신을 완전히 배제

소설 쓰기, 소설을 쓰는 동안 허구의 이야기를 지어냄, 해리포터 같은 소설을 쓰고 싶었다. 잃어버린 '나'의 세상에 미련을 버리고 새로운 이야기를 써 내려갔다…….

④ 세계 최고

해리포터 같은 소설 한 방이면 다시 예정의 삶으로 돌아갈 수 있을 것 같았다. 허영심, 글쓰기를 배우지 않은 안타까움, 글쓰기의 한계를 느끼다. 나를 만나게 되다…….

키워드를 뽑을 때에는 별 생각이 없었는데, 막상 과거의 회상을 시작하다 보니 '집중'과 '몰입'의 차이를 구분하기가 힘들었다. 이럴 때에는 굳이 고민할 필요 없이 하나로 묶으면 된다. 키워드를 통한 과거 회상 과정에서는 얼마든지 키워드를 변경하고 수정할 수 있다는 말이다. 지금 우리는 제한된 규칙이나 틀에 얽매이고자 하는 것이 아니다. 최대한 자유롭게, 내가 읽고 싶은 대로 읽고, 쓰고 싶은 대로 쓰자는 것이 '재미있는 강안독서'의 가장 큰 특징이다.

눈치를 챈 독자들도 많겠지만, 3단계 회상 과정은 글을 쓴다기보다 낙서한다는 개념으로 접근하는 것이 더 바람직하다. 무슨 내용이든 일단 글을 쓴다고 하면 부담스러워하는 사람들이 너무 많다. 그래서 억지로 쓰려고 하지 말고 손이 가는 대로 마구 적어보자는 뜻이다. 백지에 낙서를 하다 보면 순간순간 떠오르는 생각들이 있다.

그 생각들을 놓치지 말고 잡아야 한다.

생각을 잡는다는 말은 매우 중요하다. 잊고 살았던 기억을 떠올리기 위해 가장 중요한 것이 바로 '생각 붙잡기'이기 때문이다. 낙서와 메모는 생각의 꼬리를 이어가기에 가장 적합한 방법이며, 특히 빠른 시간 안에 내게 딱 필요한 기억을 떠올리기에 더 없이 좋은 수단이 된다.

키워드를 중심으로 과거의 기억을 떠올릴 때 한 가지 주의할 점이 있다. 조급한 마음을 버려야 한다는 것이다. 강안독서는 책을 읽다가 가슴에 꽂히는 문장을 만났을 때 내 삶을 투영시켜 새로운 메시지를 창출하는 읽기 방법이다. 나는 이 강안독서의 장점을 "책을 읽을 동기부여"와 "재미"라고 말했다. 머리를 쥐어짜며 억지로 과거의 이야깃거리를 떠올리는 것은 결코 동기부여나 재미와 이어질 수 없다.

만약 자신이 뽑아낸 키워드를 아무리 들여다보고 있어도 전혀 기억의 조각들을 찾을 수 없다면, 2단계로 돌아가 키워드를 다시 뽑으면 된다. 아마도 지금 이 책을 읽는 사람들은 적어도 스무 살은 넘었을 것으로 예상된다. 사람이 20년을 넘게 살았으면 당연히 온갖 일들을 겪기 마련이다. 아무리 평범한 삶을 살았다고 주장하는 사람들도 성장 과정에서의 이야기는 책 한 권이 되고도 남음이 있다는 것이 나의 지론이다.

3단계 회상도 어느 정도 연습을 통해 습관이 되어야 한다. 키워드를 보고 오래 전 기억을 되살려내는 것은 결코 어려운 일이 아니다. 다만, 평소에 해보지 않았기 때문에 단어와 기억을 자연스럽게 연결시키는 스킬이 부족할 뿐이다.

※ 강안독서 3단계 : "회상" 연습문제

나는 엄청난 실패를 겪고서야 비로소 교훈을 얻었다. 역경을 겪으며 박살이 나서야 비로소 변화가 필요함을 알게 되었다. 세상의 모든 사람들이 나처럼 혼쭐이 나고서야 성공하는 것은 아니다. 실패가 주는 교훈도 상당히 값지긴 하지만, 그렇다고 해서 하지 않아도 될 실패를 굳이 경험할 필요는 없다. 독서와 경청은 타인의 경험을 내 것으로 소화할 수 있는 최선의 방법이다. 독서와 경청을 통해 내가 겪은 참혹한 실패를 피해갈 수 있다면 당연히 그렇게 하는 것이 옳지 않을까.

독서와 경청은 내 소중한 삶에 밥을 주는 행위와 같다. 하루 세끼 식사를 하는 것이 너무도 당연하듯 책을 읽는 것과 다른 사람의 말에 귀를 기울이는 것은 할까 말까 망설여지는 선택의 문제가 아니라 반드시 해야만 하는 필수 요소이다. 성공을 향해 가는 여정에서 독서와 경청은 빠질 수 없는 우리의 습관이 되어야만 한다.

_ 이은대 《최고다 내 인생》 중에서

❶ 이해 : 세 줄 요약정리

❷ 선택 : 키워드 5개 선택

❸ 회상 : 각 키워드별 낙서/메모

4

강안독서 4단계
"투영Project"

3단계에서 찾아낸 내 삶에 대한 기억을 바탕으로 새로운 메시지를 창출하기 전, 책을 쓴 저자의 삶과 나 자신의 삶을 비교해보는 단계다.

저자의 생각과 나의 생각이 일치하는 책도 있고 정반대의 경우도 많다. 때로는 내가 전혀 생각지 못했던 이야기로 가득한 책도 없지 않다. 이렇게 다양한 생각과 삶의 방식이 존재한다는 사실 자체를 자연스럽게 받아들이게 되는 것이 독서가 가진 가장 큰 힘이라고 생각한다. 사고의 유연성! 때문에 살아가면서 만나게 되는 많은 문제와 고민들 앞에서 유연하게 대처할 수 있기 위해서는 반드시 독서를 해야만 한다.

단, 반드시 명심해야 할 점이 한 가지 있다. 나와 생각이 일치하는 책이라고 해서 좋은 책이고, 나와 전혀 다른 생각을 가진 저자의 책이라 해서 옳지 못하다는 편견을 가져서는 절대 안 된다. 다시 말하지만, 세상 사람들은 모두 제각각 살아온 방식이나 환경이 다르다. 당연히 생각과 가치관도 다를 수밖에 없다. 나와 비슷한 생각을 가진 저자에게 공감과 호감이 가는 것은 당연하지만, 그렇다고 해서 나와 다른 생각을 가진 저자를 비난하거나 무시할 이유는 없다. 이런 생각을 가진 사람도 있구나, 이렇게도 생각해 볼 수 있겠구나라며 인정하고 받아들이는 자세가 필요하다.

책을 쓴 저자의 삶과 나의 삶을 비교하는 4단계가 필요한 이유는, 또 다른 독자들에게 전달할 메시지를 정리하기 위함이다.

《내가 글을 쓰는 이유》라는 책을 집필하는 과정에서 나는 수많은 글쓰기, 책쓰기 관련 도서를 읽었다. 내 경험에 비추어보면, 고민을 많이 하거나 자료를 수집하는 시간보다 실제로 쓰는 시간이 많아야만 제대로 쓸 수 있었다. 그런데 막상 이런 경험을 책으로 쓰려니 자신이 없어졌다. 혹시 나만 이런 생각을 하는 것은 아닐까. 나만의 개똥철학으로 책을 내는 것이면 어쩌나.

다행히도 많은 책들 속에서 나와 비슷한 생각을 가진 저자들을 만날 수 있었다. 자신감이 생겼고, 나의 경험과 다른 저자들의 삶을 함께 묶어 정리한 글쓰기 메시지의 출간이 가능했다.

물론 내가 읽은 책들 중에는 '닥치고 쓰기'보다 생각과 독서를 더 강조한 내용도 많았다. 나와는 조금 다른 생각들이었다. 문제될 것이 전혀 없다. 오히려 생각이 다른 저자들의 내용을 참고삼아 내가 주장하는 내용을 보강하기도 하고, 근거가 되는 바탕을 마련할 수도 있다.

책을 읽는 과정에서 가장 주의해야 할 점은, 내가 생각하는 바가 무조건 옳다는 고집을 내려놓아야 한다는 사실이다. 책을 읽는 이유는 배우고, 변화하고, 성장하기 위함이다. 내 생각이 옳다는 고집을 내려놓지 않을 거면 책을 읽을 이유가 없다. 나와 생각이 같은 저자의 책을 읽을 때에는 '그래, 맞아, 나도 같은 생각이야'라는 공감과 확신을 가지게 되고, 그렇지 않을 때에는 '이렇게도 생각할 수 있겠구나'라며 사고의 폭을 넓힐 수 있어야 한다. 다독을 강조하는 이유는 여러 사람들의 생각과 삶을 통해 사고의 유연성을 가지고, 다양한 방면으로 생각할 수 있는 힘을 키우기 위해서다. 이런 차원에서 보자면, 세상에 나쁜 책은 없다는 말이 자연스럽게 이해된다.

> (중략) 그리고 연습량 자체보다도 그 시간에 얼마나 완벽하게 집중하는가에 더 비중을 둔다. 그래서 그녀는 일단 연습이 시작되면 사사로운 감정과 잡념은 모두 접어두려 노력한다.
> 이런 훈련이 힘을 발휘하는 건 바로 공연 무대에서다. 맡은 역할이 코스모스같이 청순한 줄리엣이건 농익은 관능미를 자랑하는 여간

첩 마타 하리건 앙탈스러운 말괄량이 캐서리나건, 자신이 연기하는 '그녀'에 완전히 몰입할 때 관객들도 공연에 흠뻑 빠져들 수 있음을 느낀다. 그 사이에 인간 수진이 끼어들 틈은 없다. 그러니 수진 자신이 강조했다시피, 무대 위에서 강수진이라는 개인은 완전히 사라져야 하는 존재인 것이다.

_ 장광열 《당신의 발에 입 맞추고 싶습니다》 중에서

I. 강안독서 1단계 "이해"

강수진은 연습도 많이 하는 사람이지만, 연습량보다는 집중에 더 비중을 둔다. 모든 상념을 접고 오로지 발레에 집중한다. 그래서 무대에 서면 완벽히 맡은 역할에 몰입할 수 있다. 자신을 완전히 배제하고, 맡은 역할 자체가 되는 것! 강수진의 발레가 세계 최고라 일컬어지는 근본 이유라 할 수 있겠다.

II. 강안독서 2단계 "선택"

① 연습

② 집중

③ 몰입

④ 자신을 완전히 배제

⑤ 세계 최고

조각들을 찾아보도록 하자.

Ⅲ. 강안독서 3단계 "회상"

① 연습

글쓰기 연습, 감옥, 미친 듯이 썼다, 글쓰기 책, 독서, 일기, 편지, 소설, 오직 글쓰기, 살아야 할 이유, 글을 쓰면서 마음의 평온을 얻다…….

② 집중과 몰입

글을 쓸 때면 항상 집중했다, 의도하지 않아도 저절로 집중이 되었다, 좋아하는 일, 저절로 집중, 순식간에 시간이 흘렀다, 집중하면 마음이 고요해진다, 덕분에 많은 글을 쓸 수 있었다, 무슨 일이든 집중해야 한다…….

③ 자신을 완전히 배제

소설 쓰기, 소설을 쓰는 동안 허구의 이야기를 지어냄, 해리포터 같은 소설을 쓰고 싶었다, 잃어버린 '나'의 세상에 미련을 버리고 새로운 이야기를 써 내려갔다…….

④ 세계 최고

해리포터 같은 소설 한 방이면 다시 예정의 삶으로 돌아갈 수 있을 것 같았다, 허영심, 글쓰기를 배우지 않은 안타까움, 글쓰기의 한계를 느끼다, 나를 만나게 되다…….

이해, 선택, 회상의 3단계를 거쳐 이번에는 저자의 삶과 나의 이야기를 겹쳐보는 "투영"의 단계를 실습해보자.

Ⅳ. 강안독서 4단계 "투영"

① 연습

강수진은 발가락이 흉측하게 뭉그러질 정도로 연습에 몰입했다. 나는 엄지손가락에 굳은 살이 생길 정도로 매일 글을 썼다.

② 집중과 몰입

강수진은 연습량보다는 얼마나 집중할 수 있는가에 초점을 맞췄다. 나는 언제 이 많은 양의 글을 다 쓰는가 하는 문제보다 그저 매일 주어진 양의 글을 쓰는 것에 집중했다.

③ 자신을 완전히 배제

강수진은 무대 위에서 완벽하게 주인공이 되고자 노력했다. 나는 내가 겪은 삶의 이야기를 거짓 없이 진실하게 쓰기 위해 노력했다.

④ 세계 최고

강수진은 세계 최고의 발레리나가 되기 위해 노력했고, 결국 그 꿈을 이루었다. 나는 최고의 작가가 되기 위해 노력한 적은 없다. 다만, 내가 쓰는 글에 최선을 다했을 뿐이다.

여기까지 읽은 독자라면 당연히 눈치를 챘을 거라 짐작된다. 잘 모르겠다면 ④번 항목의 내용을 다시 읽어보길 바란다.

강수진은 최고가 되기 위해 노력했고, 한순간도 노력을 게을리하지 않았다. 물론 나도 글쓰기를 게을리한 날은 없었지만, 최고의 작가가 되기 위해 글을 쓴 적은 단 한 번도 없었다. 작가의 생각과 내 생각이 크게 다른 것은 아니지만, 어쨌든 차이가 생겨나는 부분이다.

세계 최고가 되기 위해 노력한 사람과 한 번도 최고를 생각해보지 않은 사람. 그렇다고 해서 무슨 문제가 있는가? 오히려 더 자연스럽게 정리되고 있다.

4단계 "투영"이란 이런 것이다. 책을 읽으면서 나와 같은 상황이나 생각을 발견하면 공감하고 위로받으며 나의 생각에 확신을 가질 수 있고, 혹시 나와 전혀 다른 생각을 발견하게 되면 내 상황에 맞춰 새롭게 해석하면 된다.

또 한 번 강조하지만, 강안독서는 틀에 얽매일 필요가 없다. 틀을 깨는 것이 더 정답에 가깝다. 내가 가진 고정관념을 내려놓고, 이렇게도 저렇게도 생각해볼 수 있는 자유로움.

이제 강안독서의 마지막 단계인 "글쓰기"로 넘어가보자.

※ 강안독서 4단계 : "투영" 연습문제

나는 엄청난 실패를 겪고서야 비로소 교훈을 얻었다. 역경을 겪으며 박살이 나서야 비로소 변화가 필요함을 알게 되었다. 세상의 모든 사람들이 나처럼 혼쭐이 나고서야 성공하는 것은 아니다. 실패가 주는 교훈도 상당히 값지긴 하지만, 그렇다고 해서 하지 않아도 될 실패를 굳이 경험할 필요는 없다. 독서와 경청은 타인의 경험을 내 것으로 소화할 수 있는 최선의 방법이다. 독서와 경청을 통해 내가 겪은 참혹한 실패를 피해갈 수 있다면 당연히 그렇게 하는 것이 옳지 않을까.

독서와 경청은 내 소중한 삶에 밥을 주는 행위와 같다. 하루 세끼 식사를 하는 것이 너무도 당연하듯 책을 읽는 것과 다른 사람의 말에 귀를 기울이는 것은 할까 말까 망설여지는 선택의 문제가 아니라 반드시 해야만 하는 필수 요소이다. 성공을 향해 가는 여정에서 독서와 경청은 빠질 수 없는 우리의 습관이 되어야만 한다.

_ 이은대 《최고다 내 인생》 중에서

❶ 이해 : 세 줄 요약정리

❷ 선택 : 키워드 5개 선택

❸ 회상 : 각 키워드별 낙서/메모

❹ 투영 : 저자의 삶과 나의 삶을 비교/정리

5

강안독서 5단계
"글쓰기 Writing"

손이 떨린다. 심장박동이 느껴진다. 수많은 강연을 하고, 매일 글을 쓰고 있으면서도 "글쓰기"에 관한 이야기를 시작할 때는 한결같이 이런 흥분을 느낀다. 때로는 무슨 말부터 해야 할지 망설여지기도 하고, 소주 한 잔 앞에 놓고 하루 종일 이야기꽃을 피우고 싶기도 하다. 그만큼 "글쓰기"에 대해서는 하고 싶은 말이 너무나 많기 때문이다. 오죽하겠는가. "글쓰기" 덕분에 삶이 통째로 바뀐 사람의 이야기가.

한 권의 책을 읽으며 마음에 드는 문장 혹은 문단을 찾았다. 내용을 확실하게 "이해"하기 위해 세 줄로 요약했고, 그 중에서 키워드를 "선택"했다. 선택한 키워드를 바라보며 지난 삶을 "회상"했다. 그리고 작가의 삶에 나의 삶을 "투영"하며 공통점과 차이점을 정리했다.

이제 이 모든 내용을 하나의 주제로 엮어 새로운 글을 쓴다. 이렇게 글을 쓰는 이유는, 책을 읽은 후 나의 생각을 정립하고 또 다른 누군가의 삶에 도움이 되는 메시지를 전달하기 위함이다. 진짜 독서의 결실을 맺는 순간이다.

누군가에게 내가 배운 내용을 전달할 목적으로 공부할 때 배움은 최고의 효과를 얻는다. 책을 읽어도 시간이 지나면 자연스럽게 잊혀지기 마련이지만, 읽은 내용을 누군가에게 반복해서 전하면 꽤 오랜 시간 머릿속에 남는다. 책을 읽다가 멋진 내용을 발견하면, 나는 반드시 메모를 하고 입으로 중얼거린다. 그리고는 강연할 때 반복해서 전한다. 이렇게 하면 내가 읽은 책의 내용이 오랫동안 머릿속에서 지워지지 않고, 자연스럽게 내 삶에 녹아들어 실천으로 이어질 때도 많다. 진짜 공부라는 생각이 든다.

5단계 "글쓰기"에서 가장 중요한 점은, 절대로 글쓰기 재능이나 실력에 대해 스스로 판단하지 말아야 한다는 사실이다. 지금 당장 책을 출간하자는 이야기가 아니다. 책을 읽으면서 내용을 정리하고, 이해하고, 배우고, 변화하고, 성장하기 위한 도구로써 연습하는 것이 먼저다. 숙달이 되면 당연히 글도 체계가 잡히고, 문맥도 자연스러워진다. 달리기를 처음 하는 사람이 하루아침에 42km를 뛰려고 하면 지쳐 쓰러지기 마련이다. 문법도 맞춤법도 엉망이지만, 그리고 문맥도 엉성하지만, 지금은 그 상태 그대로 글을 써야 한다. 오직 쓰는 것만이 글쓰기 실력을 향상시킬 수 있는 최선의 방법이다.

> (중략) 그리고 연습량 자체보다도 그 시간에 얼마나 완벽하게 집중하는가에 더 비중을 둔다. 그래서 그녀는 일단 연습이 시작되면 사사로운 감정과 잡념은 모두 접어두려 노력한다.
>
> 이런 훈련이 힘을 발휘하는 건 바로 공연 무대에서다. 맡은 역할이 코스모스같이 청순한 줄리엣이건 농익은 관능미를 자랑하는 여간첩 마타 하리건 앙탈스러운 말괄량이 캐서리나건, 자신이 연기하는 '그녀'에 완전히 몰입할 때 관객들도 공연에 흠뻑 빠져들 수 있음을 느낀다. 그 사이에 인간 수진이 끼어들 틈은 없다. 그러니 수진 자신이 강조했다시피, 무대 위에서 강수진이라는 개인은 완전히 사라져야 하는 존재인 것이다.
>
> _ 장광열 《당신의 발에 입 맞추고 싶습니다》 중에서

I. 강안독서 1단계 "이해"

강수진은 연습도 많이 하는 사람이지만, 연습량보다는 집중에 더 비중을 둔다. 모든 상념을 접고 오로지 발레에 집중한다. 그래서 무대에 서면 완벽히 맡은 역할에 몰입할 수 있다. 자신을 완전히 배제하고, 맡은 역할 자체가 되는 것! 강수진의 발레가 세계 최고라 일컬어지는 근본 이유라 할 수 있겠다.

Ⅱ. 강안독서 2단계 "선택"

① 연습

② 집중

③ 몰입

④ 자신을 완전히 배제

⑤ 세계 최고

조각들을 찾아보도록 하자.

Ⅲ. 강안독서 3단계 "회상"

① 연습

글쓰기 연습, 감옥, 미친 듯이 썼다, 글쓰기 책, 독서, 일기, 편지, 소설, 오직 글쓰기, 살아야 할 이유, 글을 쓰면서 마음의 평온을 얻다…….

② 집중과 몰입

글을 쓸 때면 항상 집중했다, 의도하지 않아도 저절로 집중이 되었다, 좋아하는 일, 저절로 집중, 순식간에 시간이 흘렀다, 집중하면 마음이 고요해진다, 덕분에 많은 글을 쓸 수 있었다, 무슨 일이든 집중해야 한다…….

③ 자신을 완전히 배제

소설 쓰기, 소설을 쓰는 동안 허구의 이야기를 지어냄, 해리포터 같은 소설을 쓰고 싶었다, 잃어버린 '나'의 세상에 미련을 버리고 새로운 이야기를 써 내려갔다…….

④ 세계 최고

해리포터 같은 소설 한 방이면 다시 예정의 삶으로 돌아갈 수 있을 것 같았다, 허영심, 글쓰기를 배우지 않은 안타까움, 글쓰기의 한계를 느끼다, 나를 만나게 되다…….

IV. 강안독서 4단계 "투영"

① 연습

강수진은 발가락이 흉측하게 뭉그러질 정도로 연습에 몰입했다. 나는 엄지손가락에 굳은 살이 생길 정도로 매일 글을 썼다.

② 집중과 몰입

강수진은 연습량보다는 얼마나 집중할 수 있는가에 초점을 맞췄다. 나는 언제 이 많은 양의 글을 다 쓰는가 하는 문제보다 그저 매일 주어진 양의 글을 쓰는 것에 집중했다.

③ 자신을 완전히 배제

강수진은 무대 위에서 완벽하게 주인공이 되고자 노력했다. 나는 내가 겪은 삶의 이야기를 거짓 없이 진실하게 쓰기 위해 노력했다.

④ 세계 최고

강수진은 세계 최고의 발레리나가 되기 위해 노력했고, 결국 그 꿈을 이루었다. 나는 최고의 작가가 되기 위해 노력한 적은 없다. 다만, 내가 쓰는 글에 최선을 다했을 뿐이다.

강안독서 5단계, 이제 본격적인 글쓰기를 시작할 차례다.

V. 강안독서 5단계 "글쓰기"

글쓰기를 처음 시작했을 때 나의 모습을 설명하기 위해 마땅한 표현을 찾았다. 나름 글쓰는 사람이라 적당하면서도 멋진 표현을 찾기 위해 노력했지만, 아무리 고민하고 사전을 뒤져봐도 그 시절의 나는 '미친 듯이 썼다'라는 말보다 더 적확한 표현을 찾을 수 없는 듯하다. 매일 열 시간이 넘도록 글을 썼다. 주제도, 내용도, 형식도 없었다. 때로는 낙서처럼, 때로는 메모처럼. 시를 쓴 적도 있고, 소설을 쓰기도 했다. 한순간도 손에서 펜을 놓은 적이 없었다. 돌이켜보면, 그때의 미친 듯한 글쓰기가 나에게 더없는 습작의 시간들이었던 것 같다.

책을 출간하기 위해서는 원고지 800~1000매 분량의 글을 써야 한다. 그 많은 양의 글을 언제 다 쓸 수 있을까. 나는 이런 고민을 한 번도 해본 적이 없었다. 그저 주어진 하루의 분량을 채웠고, 매일 글을 썼을 뿐이다. 덕분에 나는 책을 출간하고 작가가 될 수 있었다.

처참할 정도로 부끄럽고 숨기고 싶은 이야기였다. 감옥에 가고, 재산을 날리고, 술에 빠져 살았던 삶의 이야기를 세상에 내놓는 것은 쉽지 않은 선택이었다. 그러나 나는 결심했다. 수치스러운 나의 경험이 세상 누군가에게 힘이 될 수 있다면 기꺼이 글을 쓰고 책을 출간하겠다고.

위대한 작가, 세상에 이름을 떨칠 만한 훌륭한 작가가 되겠다고 결심한 적도 없었다. 나는 그저 내가 쓰는 한 줄의 글에 최선을 다할 뿐이었다. 세상을 바꾸는 것이 아니라, 단 한 명의 독자에게라도 희망과 용기를 주는 것. 그것이 바로 내가 글을 쓰는 이유다.

다소 부족하지만 한 편의 글이 완성되었다. 굳이 제목을 붙이자면, '내 인생의 글쓰기' 정도가 어떨까. 나는 살면서 이렇게 글쓰기를 시작했고, 작가로서 이런 마음으로 글을 쓰고 있다는 내용이다. 총 4개의 문단으로 구성되어 있다. 연습, 집중과 몰입, 자신을 완전히 배제, 세계 최고라는 강안독서 키워드의 틀 속에 나의 이야기를 펼쳐냈다.

물론 강안독서가 아니더라도 이런 글을 쓸 수는 있다. 머릿속으로만 생각하며 글감을 찾고, 글의 순서를 정해 써 나가는 것보다는 이렇게 강안독서의 힘을 빌어 체계적으로 글을 쓰는 것이 훨씬 쉽고 간단하다.

완성도 높은 글을 쓰고자 한다면, 5단계 글에 살을 더 붙이면 된다. 글쓰기 연습을 했던 시간들에 구체적인 예시를 더하고, 하루하루 글을 쓰던 시간들의 느낌과 감정을 덧붙이고, 내가 글을 쓰는 마음가짐과 목표를 더욱 상세하게 쓸 수 있다.

백지 위에 생각을 펼쳐내는 것보다, 이렇게 정리된 글에 살을 덧붙이는 것이 아이디어 생산에 훨씬 더 도움이 된다. 앞서 말한 바 있지만, 천정을 바라보며 뭔가 생각을 쥐어짜는 것보다 어떤 사물이나 상황, 단어 등을 접했을 때 우리의 기억은 더 쉽게 잠금장치를 풀기 때문이다.

※ 강안독서 5단계 : "글쓰기" 연습문제

나는 엄청난 실패를 겪고서야 비로소 교훈을 얻었다. 역경을 겪으며 박살이 나서야 비로소 변화가 필요함을 알게 되었다. 세상의 모든 사람들이 나처럼 혼쭐이 나고서야 성공하는 것은 아니다. 실패가 주는 교훈도 상당히 값지긴 하지만, 그렇다고 해서 하지 않아도 될 실패를 굳이 경험할 필요는 없다. 독서와 경청은 타인의 경험을 내 것으로 소화할 수 있는 최선의 방법이다. 독서와 경청을 통해 내가 겪은 참혹한 실패를 피해갈 수 있다면 당연히 그렇게 하는 것이 옳지 않을까.

독서와 경청은 내 소중한 삶에 밥을 주는 행위와 같다. 하루 세끼 식사를 하는 것이 너무도 당연하듯 책을 읽는 것과 다른 사람의 말에 귀를 기울이는 것은 할까 말까 망설여지는 선택의 문제가 아니라 반드시 해야만 하는 필수 요소이다. 성공을 향해 가는 여정에서 독서와 경청은 빠질 수 없는 우리의 습관이 되어야만 한다.

_ 이은대 《최고다 내 인생》 중에서

❶ 이해 : 세 줄 요약정리

❷ 선택 : 키워드 5개 선택

❸ 회상 : 각 키워드별 낙서/메모

❹ 투영 : 저자의 삶과 나의 삶을 비교/정리

❺ 글쓰기 : 단계별 내용에 살을 붙여 독자에게 전할 메시지를 정리

6

강안독서의 정리

감옥에서 처음 책을 읽었을 때의 비통한 심정은 이루 말로 표현할 수가 없다. 책 속에 모두 담겨 있었다. 처절한 실패를 겪은 후, 내 마음 속에 가득했던 고통과 회한의 감정들. 그리고 그런 고통과 회한을 견디지 못해 술로 세월을 보내며 끊임없이 방황했던 날들. 책 속에는 그런 시련들을 견딜 수 있는 힘과 타인의 경험들이 무수히 쌓여 있었다.

왜 진작 책을 읽으며 살지 않았을까? 고통을 견딜 수 있는 내공이 책 속에 녹아 있음을 왜 좀 더 일찍 알지 못했을까! 가슴을 쥐어뜯으며 후회했고, 그 후로 하루도 책을 손에서 놓은 적이 없었다.

이렇게 책에 빠져들면서도, 나는 독서를 처음 시작했을 때의 어려움을 아직도 잊지 못한다. 한 권의 책을 읽는 데 엄청난 시간이 소요됐고, 그 내용을 이해하기에도 벅찼다. 책장을 넘길 때마다 자꾸만 딴생각이 들었고, 다 읽은 책의 내용을 잊어버리기 일쑤였다. 좀 더 효율적이고 기억에 남는 '재미있는 독서법'이 필요하다는 생각이 절실했다.

내가 책을 읽기 시작한 이유는 글쓰기였고, 결국 책을 읽으면서도 글쓰기와의 연관성을 지울 수 없었다. 자연스럽게 독서와 글쓰기가 연결되기 시작했고, 그래서 탄생한 것이 강안독서다.

확실히 달랐다. 그냥 책을 읽을 때와는 여러 가지 면에서 차이가 있었는데, 특히 재미와 집중, 의미, 가치 등의 부분에서 효과가 컸다.

첫째, 책 한 권을 완독해야 한다는 강박에서 벗어났다.

한 개의 문장, 하나의 문단으로도 내 삶에 적용할 수 있는 가치를 찾아내면 부담 없이 책을 덮을 수 있었기 때문이다. 앞뒤가 맞지 않는 말이라고 생각할지도 모르겠지만, 이렇게 완독의 강박에서 벗어난 후부터 나는 더 쉽게 완독할 수 있었다. 마음에 드는 문장이나 문단을 발견한 책은 반드시 다시 읽고 싶어진다. 이미 한 권의 책에서 내가 찾을 것은 모두 찾았으니 나머지 내용에 대해서는 부담 없이 읽을 수 있게 되었다. 책을 읽는 재미가 쏠쏠했다. 독서가 내 삶에 들어오는 순간이었다.

두 번째는 집중이다.

'어떤 내용일까?'라는 호기심으로 책을 대하는 것이 아니라, '이 책에서는 반드시 이런 내용을 찾겠다!'라는 적극적인 자세가 독서에 집중하도록 만들었다. 책장을 넘길 때마다 머릿속 잡생각이 모두 사라지고, 시간 가는 줄 모르는 독서를 시작하게 된 계기다.

참고로, 어떤 책이든 내가 안은 고민과 문제에 대한 해답을 가지고 있다는 사실을 전하고 싶다. 꽤 많은 사람들이 어떤 책을 읽어야 하는가에 대한 고민을 하고 있다. 내 경험에 비추어보자면, 어떤 책이든 나에게 도움이 되는 내용을 가지고 있었다. 책을 쓰는 저자는 어떤 식으로든 자신의 삶의 경험을 드러낼 수밖에 없다. 타인의 경험은 나의 삶에 도움이 된다. 해석하기 나름이다. 독자는 책의 내용을 일방적으로 수용하는 것이 아니라, 저자와의 질문과 대화를 통해 나름대로의 가치관을 정립해야 한다. 그 과정에서 나만의 철학과 삶의 길을 모색할 수 있기 때문에, 뭔가를 '찾겠다'는 심정으로 책을 읽으면 집중력이 훨씬 깊어진다.

끝으로 의미와 가치다.

많이 벌고 떵떵거리며 살았던 시절, 나는 존재의 이유나 삶의 목적 따위를 진지하게 생각해본 적이 없었다. 하루가 지나면 피곤했고 지쳤다. 목적지가 없는 여행은 시간이 갈수록 나 자신을 피폐하게 만들었다.

책을 읽고 내 삶을 생각하며 나름대로 올바른 길을 정립한다. 그리고 이런 나의 생각을 글로 써서 다른 사람들에게 전한다. 내 책을 읽은 독자들로부터 삶이 변화했다는 내용의 편지를 받을 때면, 그 기쁨과 희열은 물질적인 것으로 환산이 불가능하다. 내 삶의 가치, 그것도 내 스스로 부여한 내 삶의 가치가 빛을 발할 때 나는 어떤 말로도 형용할 수 없는 무한한 행복을 느낀다.

강안독서에 대해 정리해보자. 책을 읽고 마음에 드는 문장이나 문단을 찾는다. 내용을 이해하고 정리한 후, 나에게 맞는 핵심 키워드를 뽑는다. 키워드에 따른 나의 경험을 돌이켜 회상하고, 저자의 삶과 나의 삶을 비교해본다. 이 모든 과정들을 정리하여 새로운 글을 쓰고, 이를 독자에게 전한다.

아직도 책을 가까지 하고 있지 못하는 독자가 있다면, 속는 셈치고 강안독서를 적용해보기 바란다. 무엇보다 중요한 것은 경험이다. 강안독서를 실천해보고, 자신에게 맞는 방향으로 새로운 독서법을 찾는다면 더 바랄 것이 없겠다. 읽고 쓰는 삶이 얼마나 축복인지, 한 사람이라도 더 알게 되기를 바랄 뿐이다.

PART 4

강안독서를 통해 얻게 되는 것들

책을 읽지 않던 시절, 만약 누군가 나에게 독서의 필요성에 대해 진지하게 말하고 권했다면 나는 과연 책을 손에 들 수 있었을까? 모르긴 해도 나는 결코 책을 가까이 하지 않았을 것이다. 책을 읽지 않고도 얼마든지 잘 살아갈 수 있다고 생각했고, 실제로 별 아쉬움 없이 살기도 했다.

멀쩡하게 잘 살아갈 때는 책이 눈에 들어오지 않는다. 그래서 책을 읽어야 한다는 말도 귀에 차지 않는다. 읽을 필요가 없다는 아집과 내 생각만 옳다는 그릇된 편견으로 책을 멀리 한 덕분에, 나는 삶의 모든 것을 잃었다.

강안독서를 통해 내가 얻은 것들을 정리해본다. 부디 많은 사람들이 이 글을 읽고 나와 같은 경박한 처신을 하지 않기를 간절히 바라본다.

1

배우고 익혀 더욱 겸손해진다

처음 책을 읽었을 때, 내 입에서는 끊임없이 '아!' 하는 탄성이 쏟아졌다. 내가 처한 상황, 내가 안은 고민, 내 삶에 닥친 문제들을 어쩜 그리도 꿰뚫는 듯이 표현해 놓았을까! 놓치기 싫어서 노트에 옮겨 적고, 수도 없이 읽으며 가슴에 품으려 애썼다. 하나의 문단이 나를 견디게 했고, 한 줄의 문장이 다시 일어설 용기를 주었다.

살다 보면 좋을 일이 생길 때도 있고 나쁜 일도 찾아오기 마련이다. 그럴 때마다 우리는 생각과 가치관이 달라지기도 하고, 사건을 받아들이는 마음의 자세를 달리하기도 한다. 좋은 일이 생길 때에는 사실 별다른 마음의 준비나 대응이 필요치 않다. 가만히 즐기기만 해도 충분히 행복할 수 있을 터다. 문제는 예고 없이 찾아오는 시련과 고난을 마주할 때다.

어떤 문제에 부딪쳤을 때 그 상황을 극복하거나 해결하기 위해서는 어떤 '선택'이나 '판단'을 해야 하는데, 적절한 기준이나 혜안을 갖지 못하면 잘못된 선택과 판단을 내릴 우려가 크다. 설령 제대로 된 선택과 판단을 내린다 하더라도, 그 폭이 넓고 다양할수록 더 나은 선택과 판단을 할 수가 있다.

책을 읽어야 하는 이유가 바로 여기에 있다. 살면서 마주치게 될 수많은 고난과 역경 앞에서 더 나은 선택과 판단을 내리기 위한 선택의 폭을 넓히고자 하는 것. 그래서 평소에 한 권이라도 제대로 읽고 사고의 유연성을 길러두자는 의미다.

아울러 그냥 책을 읽기보다 강안독서를 통해 문장을 옮겨 적고 나의 생각과 경험을 함께 쓰면서 가치관을 정립해 나간다면 망각으로 사라지는 책의 내용을 확실히 붙잡아 둘 수 있으리라 확신한다.

우리는 때로 참 많이 알고 있다는 착각 속에 살아가기도 한다. 어떤 소재나 주제가 주어졌을 때, 그것에 대해 한 번도 신중히 고민하고 사고해 본 적도 없으면서 지나칠 정도로 빨리 자신의 의견이나 주장을 펼칠 때가 무수히 많다. 자신의 전문 분야이거나 평소 깊게 생각했던 문제에 대해서라면 얼마든지 대화에 참여할 수 있고, 또 그렇게 해야만 한다고 믿지만, 사실 우리는 여러 가지 문제에 대해 그다지 심도 깊게 알지 못하지 않은가! 모르면 모른다고 하고, 관심 없으면 관심 없다고 말할 수 있는 것이 제대로 된 용기다.

책을 읽다보면, 나 자신이 참 부족하고 모자라다는 것을 깨닫게 된다. 그래서 고개가 숙여지고 몸이 낮아지는 겸손을 배울 수가 있다. 내가 부족하고 모자라고 불완전한 존재임을 깨닫게 되면, 이제 다른 사람들도 완벽하지 않다는 사실을 인정하고 받아들일 수 있게 된다. 이해하고, 배려하고, 너그럽게 받아들이는 마음의 여유까지 생겨난다.

다시 한 번 강조하지만, 눈으로 책을 읽는 것만으로는 배우고 성장하는데 한계가 있다. 금세 잊어버리기도 한다. 읽기만 하는 것과 쓰기를 병행하는 것의 효과는 하늘과 땅 차이이다. 물론 눈으로 읽기만 하는 것에 비하면 시간도 오래 걸리고 노력도 더 필요하다. 하지만 생각과 철학, 가치관의 변화를 통해 삶에 막대한 영향이 미칠 수 있다면 지극한 정성으로 읽고 써야 한다는 사실을 충분히 받아들일 수 있으리라 짐작한다.

책은 마음으로 읽어야 한다. 책을 쓰는 저자는 어떤 내용이든 자신의 삶이 글의 바탕이 된다. 결국 책을 읽는다는 것은 저자의 삶을 읽는다는 말이다. 타인의 삶의 이야기를 읽고 선별하고, 내 삶에 적용하고, 배우고, 본보기로 삼고, 깨닫고, 실천하며, 성장하는 일련의 과정. 단순히 눈으로만 책을 읽는다고 해서 독서라고 말할 수 없다. 한 권의 책을 통해 삶이 통째로 바뀐 사람이 어디 한 둘이었던가!

똑같은 책을 읽고도 누구는 삶이 변하고, 누구는 읽기 전과 다름이 없다. 읽어야 한다는 사실도 물론 중요하지만, 어떻게 읽어야 하는가라는 문제가 더욱 중요한 까닭이다.

소주제의 제목을 '배우고 익혀 더욱 겸손해진다'라고 지었다. 언뜻 보면 별 의미가 없다고 여겨질지 모르지만, 사실 나는 이 제목에 큰 뜻을 심어 두었다. 배우고 익힌다는 말은 더 해박해진다는 뜻인 만큼 겸손해진다는 말과는 다소 거리가 있다. 그럼에도 불구하고 상반되는 듯한 말을 이어붙여 제목으로 지은 것은 실제의 내 경험 때문이다.

세상을 다 알고 있는 것처럼 살았다. 누구를 만나도 조언을 내뱉기 일쑤였고, 타인의 말을 귀담아 들은 적이 없었다. 잘난 맛에 살았고, 건방과 자만이 하늘을 찌를 듯했다.

책을 읽기 시작하면서 쥐구멍에라도 숨고 싶은 심정이 들었던 때가 한두 번이 아니었다. 이렇게도 모르고 살았던가, 이렇게 생각할 수도 있는 거였구나, 삶을 바라보는 시각이 사람마다 천차만별이었구나…… 읽으면 읽을수록, 알면 알수록, 나는 점점 부족하고 모자라다는 사실을 뼈저리게 느낄 수 있었다. 더 많이 알게 되고, 더 많이 깨달으면서도 고개는 점점 숙여졌고 몸은 점점 낮아졌다. 고개를 숙이고 몸을 낮추니 더 많이 담을 수 있었고 더 많이 채울 수 있었다.

스스로 많이 안다고 여기며 살아가는 사람은 결코 몸을 낮추지 않는다. 아래로 가지 않으니 채울 수가 없다. 눈곱만큼 채워진 지식으로 온 세상을 다 아는 것처럼 살아가게 된다. 그런 사람은 인생의 위기가 닥쳤을 때 결코 지혜로운 해답을 찾을 수 없다. 자신만의 아집으로 발버둥치다가 결국 모든 것을 잃게 될 것이다. 마치 내가 그랬던 것처럼.

보잘것없는 존재다. 직접 경험할 수 있는 기회와 시간도 한정되어 있다. 배우고 공부하고 채우려는 노력을 결코 게을리해서는 안 되겠다. 이 세상에 진실이란 존재하지 않는다. 다만, 어떻게 받아들이고 어떻게 해석하느냐에 따라 우리의 경험이 안겨주는 열매의 맛은 달라지기 마련이다. 받아들이고 해석하는 능력은 오직 읽고 쓰는 과정을 통해 정립될 수 있다.

강안독서는 읽고 쓰는 과정에 있어서 최고의 도구가 된다. 타인의 삶을 읽고, 내 삶을 쓰면서 낮아지고 채워진다. 고난이나 역경이 닥쳤을 때 흔들리지 않을 중심이 될 것이다.

2

선택
삶을 가볍게 만들다

제목과 목차를 먼저 확인하고, 이 책에서 내가 얻을 내용에 관한 키워드를 정한다. 책을 읽기 전에 키워드를 정하는 것은 여러 가지 면에서 매우 중요하다.

첫째, 집중할 수 있다.

눈으로는 글자를 읽고, 손으로는 책장을 넘기면서도 머릿속으로는 딴생각을 하는 경우가 종종 있다. 독서에 익숙지 않은 사람들이 흔히 범하는 오류이기도 한데, 머릿속에 잡생각이 많으면 책을 손에 들고 있어도 제대로 된 독서를 할 수가 없는 법이다.

보물찾기는 자연스럽게 집중할 수 있도록 만들어준다. 관심 있는 키워드를 미리 정한 뒤에 책을 읽으면 관련된 문장이나 내용을 눈여겨 찾게 되므로 저절로 집중하게 된다. 책을 처음부터 끝까지 샅샅이 읽으면서 통달하면 더없이 좋겠지만, 우리는 기계가 아니다. 집중할 수 있는 시간에도 한계가 있고, 매번 집중력을 높여 읽을 수도 없다.

키워드는 눈에 불을 켜는 첫 번째 작업이다. 다른 것은 다 놓쳐도 키워드에 접속되는 문장만큼은 놓치지 않겠다는 생각으로 읽으면 당연히 순간적인 집중도를 높일 수가 있다.

둘째, 키워드를 정한 후 책을 읽으면 생각의 꼬리를 이어갈 수 있다.

생각에는 두 가지 종류가 있다. 하나는 의식적으로 만들어내는 의도된 생각, 또 하나는 무의식적으로 머릿속을 스쳐가는 잡생각.

사람은 하루에 5~6만 가지의 생각을 한다는데, 그 중에서 무의식적으로 머릿속을 스쳐가는 잡생각이 약 75%에 이른다고 한다. 게다가 의식적으로 만들어내는 의도된 생각의 약 90%조차 어제 했던 생각의 반복이라고 하니, 우리가 얼마나 쓸데없는 생각에 발목이 잡힌 채 살아가고 있는지 알 만하지 않은가.

머릿속의 생각을 잡아채야 한다. 지금 무슨 생각을 하고 있는지 의식적으로 느껴야 한다. 생각을 붙잡을 수 있는 사람만이 삶의 주인이 될 수 있다. 키워드를 정하는 것은 생각을 의도적으로 붙잡고 책을 읽어 나가는 데 큰 도움이 된다.

셋째, 체계적인 읽기가 가능하다.

여러 권의 책을 읽다 보면, 키워드가 중복되는 현상을 발견할 수 있다. 똑같은 키워드임에도 책마다 다른 방향, 다른 의미로 풀이되어 있어서 복합적인 사고가 가능해진다.

우스갯소리지만, 책을 한 권만 읽은 사람과는 상종도 하지 말라는 얘기가 있다. 그런 사람은 사고가 닫혀 있고, 아집으로 뭉쳐 있기 때문에 대화를 나눌 가치가 없다는 뜻일 터다.

하나의 키워드를 정해두고 다양한 책을 읽으면 사고의 폭이 넓어진다. 키워드 없이 책을 읽으면 문장이나 내용이 서로 얽혀 체계가 없어지고, 다 읽고 나서도 무슨 내용이었는지 기억이 나질 않는다. 키워드는 건물을 지을 때 뼈대와 같은 역할을 한다.

넷째, 나에게 꼭 중요한 것들만 남김으로써 삶이 가벼워질 수 있다.

앞서 말한 바 있지만, 키워드는 집중력을 높여주는 데 큰 역할을 한다. 그런데 집중할 수 있다는 말을 달리 해석하자면, 불필요한 것들을 과감히 내려놓을 수 있다는 뜻이기도 하다.

우리는 지나치게 많은 정보와 이야기들에 파묻혀 정작 내 삶에 중요한 것들을 제대로 챙기지 못하고 살아가는 경향이 있다. 늘 바쁘고 정신없이 살아가지만, 막상 하루가 끝나고 나면 무엇을 얼마나 제대로 이뤘는지 몰라 허탈할 때가 많다.

우선순위를 명확히 해야 한다. 반드시 챙겨야 할 것들, 내 삶에 꼭 필요한 내용, 내가 알고자 하는 바, 이루고자 하는 뜻을 분명히 하고 거기에만 집중해야 한다. 그래야만 내 삶이 가벼워지고, 몸은 바쁘더라도 마음은 항상 여유를 품게 된다.

책도 마찬가지다. 아무리 좋은 책이라 하더라도 그 안에 담긴 내용의 전부를 가질 수는 없다. 물론 여러 번 반복해서 읽으며 '인생의 책'으로 삼고 평생 삶에 적용하며 살아갈 만한 책도 없지는 않다. 다만, 우리가 만나는 모든 종류의 책을 그런 식으로 읽기는 힘들다. 취사선택! 자신에게 꼭 필요한 내용만 선별해서 가지고, 나머지는 과감하게 내려놓아야 한다. 전부를 가지려다 한 가지도 갖지 못하는 어리석음을 피하자는 것이 키워드 선정의 핵심이다.

이렇듯 키워드를 잡는 것은 매우 중요하다. 책을 읽는 것이 중요하고, 또 읽고 싶다는 생각은 하면서도 매번 지속적인 독서에 실패하는 가장 큰 이유는, 한꺼번에 너무 많은 양의 지식과 정보를 받아들여야 한다는 강박 때문이다.

처음부터 끝까지 완독해야 하고, 글자 하나 빠트리지 않고 읽어야 하고, 읽은 내용을 몽땅 기억해야 한다는 강박들이 오히려 책을 멀리하게 만든다.

무슨 일이든 순서가 있고 단계가 있기 마련이다. 읽은 경험이 부족한 사람일수록 가벼운 마음으로 책을 대해야 한다. 읽다가 내려놓으면 어떤가. 다 읽지 못하면 또 어떤가. 읽은 내용을 기억하지 못하는 게 당연한 것 아니겠는가. 콩나물시루에 물을 부으면 한 방울도 남김없이 밑으로 새어 나오지만, 그럼에도 불구하고 콩나물은 쑥쑥 잘도 자란다. 책도 마찬가지다. 한 줄을 읽든, 한 페이지를 읽든, 읽은 만큼 우리는 어떤 식으로든 성장하고 달라진다.

한 권의 책을 읽고, 하나의 키워드를 떠올리며, 관련된 문장에 따라 내 삶의 이야기를 정리할 수 있다면 이미 제대로 된 독서의 완성이라 할 수 있겠다.

3

회상
내 삶을 돌아보다

사람의 뇌는 슈퍼컴퓨터보다 용량이 크다고 한다. 그래서 한 번 보고 들은 것들은 모조리 기억의 저장소에 담겨 있는데, 다만 우리가 그 기억을 끄집어낼 능력이 부족할 뿐이라 하니 답답한 노릇이다.

굳이 기억을 끄집어내야 할 필요에 대해 묻는 사람도 있겠지만, 글을 쓰는 사람 입장에서는 기억이야말로 가장 절실히 필요한 글감의 원천이기에 두 번 말할 필요도 없겠다.

생각보다 꽤 많은 사람들이 자신의 지난 삶에 대해 과소평가한다는 사실에 대해 놀라지 않을 수 없었다. 별것 아니라고 여기고, 대수롭지 않다고 생각하며, 보잘것없는 삶이었다고 말한다. 그래서 쓸 만한 얘깃거리가 없다는 소리를 쉽게 한다.

심리적 면역체계라는 말이 있다. 과거에 겪은 아픔이나 상처가 시간이 지날수록 아물고 무뎌진다는 의미다. 이것은 긍정적 측면에서 보는 심리적 면역체계의 풀이이지만, 정반대의 상황도 무시할 수 없다. 행복하고 즐거웠던 기억들조차 심리적 면역체계를 통해 그 정도가 서서히 옅어지기 때문이다.

세상에 태어나 수십 년을 살았다. 그 모든 삶의 과정들이 '별것 아닐 수'는 절대로 없다. 우리는 모두 사랑하고 헤어졌으며, 기쁘고 행복했고, 상처입고 아팠다. 매 순간 삶을 버텨내야만 하는 고비를 맞기도 했고, 순풍에 돛단 듯 인생을 즐기기도 했을 터다. 그 모든 것이 바로 이야기였다.

잠시 기억 저편으로 밀려나 있던 삶의 조각들을 찾아나서야 한다. 행복하지 않았기 때문이 아니라 행복했음을 잠시 잊었을 뿐이고, 아프지 않았던 삶이 아니라 그 고통의 순간이 지난 지 오래이기 때문이다. 샅샅이 찾아내 빛바랜 기억 위에 색을 입혀야 한다. 잊히고 묻혔던 소중한 삶의 조각들이 있었기에 지금의 내가 존재함을 증명해야 한다. 실수와 실패 따위의 과거에 발목을 잡히라는 뜻이 아니라, 그런 시련과 역경의 순간조차 내 삶의 일부임을 인정하고 받아들일 수 있어야 한다는 말이다.

아팠던 순간으로 돌아가고 싶은 사람이 어디 있겠는가. 그러나 묻어두고 살아가는 것만이 답은 아닐 수 있다. 치유란, 기억 저편에 묻어두는 것이 아니라 새롭게 해석하고 가치를 부여하는 과정이다. 나에게 일어난 모든 일들은 내 삶의 소중한 부분이며, 크고 작은 일상들이 모여 일생을 만들어간다는 사실을 기억해야만 한다. 대수롭지 않은 순간이 어디 있겠는가. 누가 감히 보잘것없는 삶이라 평가할 수 있겠는가. 모두가 소중한 내 삶의 기록들이다.

지난 삶을 떠올리기 위해 머리를 쥐어짤 필요는 없다. 가만히 앉아 천장을 바라본다고 해서 수년 전의 일들이 새록새록 떠오르는 경우는 없겠지만, 다행스러운 것은 우리의 뇌가 특정한 이미지나 기호를 인식하는 순간 기다렸다는 듯 과거의 기억을 떠올릴 수 있다는 사실이다.

가령 10년 전 오늘을 더듬어본다면, 아무리 애를 써도 잘 떠오르지 않던 기억들이 책 속의 한 문장을 무심코 읽던 중 선명하게 떠오르는 경우가 허다하다. 읽기에 서툰 사람들조차 앞서 말한 키워드 선택의 단계에서 이미 뇌가 충분히 예열된 상태이기 때문에 얼마든지 기억의 재생이 가능할 수 있다.

책은 곧 저자의 삶이다. 타인의 삶을 읽는 과정에서 내 삶의 기억을 떠올리는 것은 생각보다 수월하다. 우리가 책을 읽는 이유는 그저 타인의 삶을 눈으로 읽고 이해하는 것으로 그치기 위함이 아니다. 근본적으로 독서는 내 삶의 행복을 위한 행위라고 믿는다. 행복하기 위해서 읽는다는 말이다.

내가 살아온 삶이 헛되지 않았다는 사실을 알게 된다면, 진정 행복하지 않겠는가! 지난 삶의 기억들을 찾아내 지금의 내 인생에 미친 영향을 살펴보고, 조금이라도 긍정의 씨앗이 되어주었다면 깊이 감사해야 할 일이다. 비록 그 시절 그 순간에는 견딜 수 없을 만큼 고통스러웠을지라도, 분명 그 시간들이 존재했기에 지금의 내가 있을 수 있다는 점을 잊어서는 안 되겠다.

강안독서의 3단계는 회상이다. 책을 통해 저자의 삶을 읽고, 나의 지난 삶을 반추해 돌이키며, 과거 내가 겪었던 사소하고 보잘것없는 일들이 결국은 소중한 내 삶의 일부였음을 인정하고 받아들이는 단계이다.

자칫 오해의 소지가 있을 것 같아 미리 못박아두겠다. 지난 삶의 기억들을 끄집어내는 과정이라고 해서 누군가를 용서하라거나, 잘못된 일을 뻔뻔스럽게 포장하라는 뜻은 결코 아니다. 다 지난 이야기니까 아픔도 잊고, 슬픔도 접고, 인생이 다 그런 거라며 좋은 게 좋은 것인 양 덮으라는 뜻은 더더욱 아니다.

어떻게 하라는 것이 아니라, 있는 그대로 인정하라는 말이다. 그래! 아무리 아팠어도 내 인생이야! 아무리 힘들었어도 내 삶의 일부였잖아!

삶을 인정하지 않는 상황에서는 자존감을 언급할 수 없다. 자신을 사랑하는 마음을 가지기 위해서는, 우선 지난 삶을 받아들이는 과정이 선행되어야 한다. 다시 한 번 강조하지만, 지난 삶을 평가하거나 그 시절의 감정 상태를 무시하자는 뜻이 아니라 내 삶을 만들어가는 매 순간들을 감사히 여기자는 마음이다.

누구보다 '지금'의 중요성을 잘 안다. 과거나 미래보다 지금 이 순간에 몰입할 수 있는 마음자세가 의미 있는 삶을 만들어간다는 사실에 토를 달고 싶은 마음은 전혀 없다. 다만, 자신이 걸어온 발자국 중에서 꽤 많은 부분이 잘못됐다는 생각 때문에 지금을 포기하는 일이 없기를 진심으로 바랄 뿐이다.

전과자, 파산자, 알코올 중독자, 막노동꾼.

단어를 쓰면서도 여전히 기가 막힌다. 어떻게 이런 화려한 수식어를 동시에 가질 수 있었을까. 강의 시간에도 워낙 자주 언급하고 글을 쓸 때마다 표현하는 단어들이라 이제는 거의 무감각해질 때도 됐건만, 가끔씩은 나 자신조차 믿기지 않을 때가 있다.

아무튼 이런 화려한(?) 내 과거의 이야기를 다시 떠올려야 한다는 사실이 썩 유쾌하지는 않았다. 어떻게든 떨쳐버려야 했다. 대체 언제까지 이런 무지막지한 수식어들 때문에 고통스럽게 살아야 하는가. 강안독서의 3단계인 회상을 통해 치욕스러운 과거를 다시 해석할 수 있었다.

누군가에게 피해를 입힌 적이 있었으니, 이제 타인의 성공을 도우며 남은 삶을 살아가자. 모든 것을 잃은 무능력한 가장이 아니라, 아무것도 잃을 것이 없으니 더 당당하고 가볍게 살아가자. 중독에 걸

려봤으니 절제할 줄 알테고, 막노동도 해봤으니 땀의 소중한 가치도 이해할 수 있게 되었다.

지난 삶을 돌이켜 반성하고, 그 위에 나만의 색을 입힌다. 나는 그렇게, 다시 살기 시작했다!

4

투영
타인의 삶을 통해 배우다

기억과 상상력. 글을 쓰는 사람은 이 두 가지의 힘을 바탕으로 자신의 뜻을 표출한다. 한 권의 책 속에는 저자의 경험이 오롯이 녹아 있다. 삶의 경험을 바탕으로 글을 쓸 수밖에 없기 때문에, 책 속에는 저자의 가치관과 철학을 비롯한 세상을 보는 눈이 그대로 담기게 된다.

다양성의 시대다. 사람마다 생각이 다르고, 똑같은 일에 대해 반응도 제각각이다. 어떤 사람은 작금의 현실에 몸서리치며 비난을 퍼부을 것이고, 또 어떤 사람은 그래도 살 만한 세상이라며 미소 지을지 모른다. 누가 옳은지, 어떤 생각이 마땅한지 판단내리는 것은 무의미하다. 다양한 사고와 반응을 인정하는 것이 우리가 궁극적으로 추구하는 이상적 사회 아니겠는가.

개인이 가질 수 있는 경험에는 한계가 있다. 태어나면서부터 삶의 한계성을 타고난다. 제한된 경험을 통해 세상을 보고, 자신만의 철학으로 잣대를 세우고, 혼자만의 가치관이 유일하게 옳다는 믿음으로 살아간다면 편협된 시선에 사로잡혀 우물 안 개구리로 살아갈 수밖에 없다.

최선을 다해 다양한 경험을 하고, 선택의 여지를 넓혀야 하며, 타인의 사고방식이나 행동에 대해 열린 마음으로 대할 수 있는 자세로 살아야 한다. 이런 삶을 위한 최선의 길은 단연코 독서다.

강안독서의 네 번째, 투영은 저자의 삶을 읽는 단계다. 텍스트를 읽고 뜻을 이해하는 수준을 넘어 저자의 가치관과 철학, 세상을 보는 눈을 두루 살피는 과정이다.

책을 쓴 사람은 누가 뭐라든 지성인으로서 어느 정도의 권위를 가진다. 따라서, 독서 초보자의 경우 투영 단계에 지나치게 몰입하게 되면 자신의 생각을 잃을 우려가 생긴다. 일단은 열린 마음으로 저자가 무슨 생각을 하는지 귀담아 들어야 하지만, 무조건 저자의 말이 옳다는 식의 추종은 옳지 않다. 먼저 들어보고, 이해하고, 받아들인 후, 나의 생각과 판단은 이러하다는 결론에까지 이르러야 한다.

온라인 서점 및 각종 SNS를 통해 나의 첫 번째 책인 《내가 글을 쓰는 이유》에 대한 수많은 비평을 읽었다. 내용은 천차만별이었다.

도움이 되었다는 내용도 있었고, 기대를 만족시키지 못했다는 혹평도 받았다. 무엇보다 이 책을 읽고 글을 쓰게 되었다는 사람들의 이야기가 가슴을 벅차게 만들었다.

저자 입장에서는 자신이 쓴 책을 읽고 독자의 삶에 선한 영향을 주었다는 사실보다 더 행복한 일은 없을 터다. 독자 입장에서는 우연히 읽은 한 권의 책을 통해 긍정적인 삶의 변화가 이루어졌다는 사실에 만족할 것이 틀림없다.

책은 이렇게 삶을 관통한다. 삶을 쓰고, 삶을 읽고, 삶에 적용한다. 그래서 진실한 삶을 써야 하고, 온 힘을 다해 읽어야 하며, 내 것으로 만들어야 한다.

개인의 삶은 유일하지만, 다른 사람의 그것과 꽤 비슷한 성질의 경험들이 수도 없이 많다. 책을 읽다 보면 내가 겪었던 일들과 유사한 경험들이 눈에 띈다. 그럴 때 작가는 어떻게 생각하고 행동했는지, 또 어떤 결과를 만났는지, 나만큼 힘들었는지, 고개를 끄덕이고 위로받고 손을 내밀기도 한다. 우리가 공감이라 부르는 효과다.

별생각 없이 읽는 속도에만 치중하거나 글자를 읽고 이해하는 수준에서 그친다면, 책을 통해 얻을 수 있는 공감의 효과는 전무하다. 키워드를 정하고, 내 삶을 돌아보며, 저자의 삶에 나를 투영시켜 또 다른 삶을 '살아볼' 수 있을 때 비로소 마음으로 읽는 독서가 완성된다.

책을 읽는 이유는, 저자가 말하고자 하는 바가 무엇인지 주제와 논거를 이해하는 것에서 그치는 것이 전부가 아니다. 읽은 내용이 내 삶을 관통하고 피가 되고 살이 되어야 한다. 이러한 독서의 효과를 최대한으로 얻기 위해서는 반드시 적극적인 독서를 해야 한다.

한두 번쯤 경험이 있겠지만, 책을 읽으면서 딴생각을 하거나 페이지를 넘기면서도 무슨 글을 읽고 있는지 모르는 경우가 있다. 단순히 글자를 읽는 행위에서 그치기 때문이다.

독서는 글자를 읽는 것이 아니라 저자와 대화를 나누는 행위다. 따라서 경청하고, 생각하고, 질문하고, 답하는 과정에 매우 적극적이어야 한다.

일반적으로 책에서 주장하거나 서술하는 바를 받아들인다는 자세로만 책을 읽으면 독서는 부담스럽게 느껴질 수밖에 없다. 수업 시간에 가만히 앉아 선생님의 말씀을 듣기만 한다면 자연스럽게 졸음이 밀려오고 마치는 시간만 하염없이 기다리게 된다. 틈을 봐서 언제든 질문할 준비를 갖추고, 특히 나 자신에게 어떻게 적용하면 될 것인가를 계속 되뇌이다 보면 시간 가는 줄 모르는 독서에 빠져들 수가 있다.

강안독서 투영의 단계는 생각보다 꽤 재미있고 즐거운 과정이다. 전혀 다른 곳에서, 전혀 다른 상황과 환경을 타고난 저자와 내가 공통된 경험과 느낌을 가졌다는 사실을 밝혀낸다. 옳고 그름을 따지자는 것이 아니라, 생각을 섞자는 말이다. 이럴 수도 있고 저럴 수도 있다. 유사한 문제에 직면했을 때 해결할 수 있는 방법의 가짓수를 점차 늘여가는 방법. 독서가 최고의 도구다.

5

글쓰기
내가 쓴 글처럼 살아가다

독서의 끝은 책쓰기이며, 책쓰기의 끝은 강연이고, 강연의 끝은 가치의 전달이다. 내가 운영중인 〔작가수업〕에서 수강생들에게 늘 강조하는 말이다. 읽는 것만으로 끝나는 독서도 읽지 않는 것에 비하면 두말할 필요도 없이 훌륭한 행위지만, 그럼에도 불구하고 나는 반드시 책쓰기를 강조한다.

뭔가를 이해한다는 말, 어떤 사실에 대해 완벽히 '안다'는 말은 그것들에 대해 제대로 표현하고 설명할 수 있다는 뜻을 내포하고 있다. 알긴 아는데 표현할 길이 막막하다는 말은 제대로 알고 있지 못하다는 뜻이나 다름없다.

2017년 8월, 무더위가 기승을 부릴 무렵 서울에서 〔작가수업〕을 진행했다. A라는 수강생이 있었는데, 제목과 목차를 구성하는 과정에서 인상적인 대화가 오고갔다.

"작가님, 저는 성격이 매우 부정적입니다. 그런데 독서를 통해서 긍정을 배우고, 지금도 일상 생활에서 긍정적으로 생각하고 행동하려고 노력 중입니다. 많이 달라지긴 했지만, 아직도 크게 부족한데 이런 내용으로 책을 써도 될까요?"

"긍정적으로 생각하고 행동하기 위해 노력하고 있다는 과정을 솔직하게 쓰면 됩니다. 책이라고 해서 반드시 정상에 오른 사람의 이야기일 필요는 없습니다. 아마 A씨처럼 지금 이 순간에도 긍정적인 삶을 향해 노력하고 있는 사람들이 많을 겁니다. 그런 독자들이 공감할 수 있는 내용이 되겠지요."

A는 내 말을 듣고 고개를 끄덕였다. 자신감 넘치는 모습은 아니었지만, 어쩐지 포기하지 않고 써 나갈 수 있을 것 같은 느낌이 들었다.

A는 결국 초고를 완성하고 출간계약까지 이뤄냈다. 그러나 내 입장에서 A의 사례가 인상적이었던 이유는 초고의 완성이나 출간계약의 체결이 아니었다. 글을 쓰는 과정에서 A가 했던 말.

"작가님! 긍정에 관한 글을 쓰면 쓸수록 제가 더 긍정적으로 변하는 것 같아요. 남편을 대할 때도, 아이들을 대할 때도, 전과 달리 마음이 너그러워지고 짜증도 덜 부리게 됩니다. 신기하네요. 저는 지금까지 여전히 부정적인 사람이라고 생각하면서 성격을 뜯어고치려고만 노력했거든요. 그런데 글을 쓰는 동안에는 내가 쓴 글처럼 행동해야 한다는 의무감과 책임감이 생겨요."

자신의 이름으로 책이 출간됐다. 그 책의 내용과 사뭇 다른 모습으로 살아갈 수 있는 작가는 드물다. 독자들이 알고, 세상이 아는 탓이다. 그럴 듯한 삶을 살아가기 때문에 책을 쓰는 것이 아니라, 책을 쓰기 때문에 변화하고 성장할 수 있다는 이유가 바로 여기에 있다.

그렇다면 책만 쓰면 그대로 삶이 변화할 수 있는 것일까? 대답은 당연히 NO다. 긍정이라 쓴다고 해서 긍정적으로 변하고, 부자라고 쓴다고 해서 하루아침에 돈벼락이 떨어지지 않는다. 연애하고 싶다고 쓰면 당장 멋진 이성이 나타나는 마술 같은 일은 벌어지지 않는다.

책을 쓰면 변화하고 성장할 수 있다는 말은, 최소한 저자로서 자신이 쓴 책의 내용에 반하지 않는 삶을 살아가기 위해 노력을 기울인다는 사실이 중요하다. 법을 준수해야 한다는 내용의 책을 쓰고 나면, 빨간 신호등을 무시하고 길을 건너는 행동은 자제하게 된다. 쓰는 힘이 중요하고, 책을 쓰라고 권하는 이유가 여기에 있다. 자신이 할 수 있는 범위 내에서 최선을 다해 노력하고, 흔들리는 삶의 바람과 유혹들을 견뎌낼 수 있는 힘을 가질 수 있다.

책을 읽고 난 후에 쓸 수 있는 글의 종류에는 여러 가지가 있다. 필사, 줄거리 요약, 독후감, 서평, 책쓰기 등 읽는 행위를 잇고 새로운 생각을 정리할 수 있는 방법이 다양하다. 어떤 글도 좋다. 쓰는 행위 자체가 중요하다. 사람의 뇌는 일방소통으로 입력되는 내용보다 출력될 때 더 활발히 움직인다.

쓰는 행위가 중요한 이유는, 내가 확실히 알고 있다는 사실을 증명하고 추가로 궁금한 내용을 질문할 수 있기 때문이다. 가만히 머릿속으로 더듬는 것보다 손을 사용해 글로 적는 것이 뇌를 활성화하고 창의성과 독창력을 극대화할 수 있는 효과적인 방법이다.

글쓰기가 힘들고 어렵다는 사람들이 적지 않다. 글쓰기는 의사표현의 방식이다. 내가 알고 있는 바, 말하고 싶은 내용을 글자라는 기호를 이용해 표현하는 방법이다. 이런 글쓰기가 어렵고 힘들게 느껴진다는 말은, 무엇보다 체계적인 정리가 되지 않았다는 뜻일 가능성이 크다. 문법이나 문장력이 부족한 경우도 없지 않겠지만, 머릿속에 말하고자 하는 바가 명확하게 잡혀 있다면 사실 그 외의 내용들은 극히 미미하다고 본다.

여기서 한 가지 중요한 사실을 짚고 넘어가야겠다. 대부분의 사람들은 생각을 먼저 하고 글을 쓰려고 한다. 때문에 생각이 체계적으로 정립되지 않은 경우 글쓰기가 어려운 것은 당연한 결과다. 글부터 써야 한다. 머리로 생각하고 글을 쓰는 것이 아니라, 먼저 손으로 글부터 쓴다. 당연히 글은 앞뒤가 맞지 않을 수도 있고 두서가 없을 수도 있다. 엉망진창인 글. 글쓰기는 여기서부터 시작된다.

자신이 쓴 엉망진창인 글을 읽다보면, 무엇이 부족하고 무엇이 잘못됐는지 떠올릴 수 있다. 문장을 말하는 것이 아니라 내용이 중요하다는 뜻이다. 백지 위에 드러난 중구난방 나의 생각들을 눈으로 보면서 하나씩 체계를 잡아갈 수 있다. 혼란스럽고 복잡했던 생각들이 백지 위에 펼쳐져 있고, 그것들을 하나씩 정리하고 순서를 가다듬고 제대로 해석해서 쓰는 과정을 통해 머릿속 생각은 체계를 정립해간다.

머리로 쓰지 말고 손으로 쓰라고 목에 핏대를 세우고 강조하는 이유가 바로 여기에 있다.

책을 읽어도 아무 남는 것이 없다는 사람들이 있다. 그래서 대체 왜 책을 읽으라고 하는지 모르겠다며 불평을 내뱉기도 한다.

내용을 잊는다는 사실에 대해서는 강박을 내려놓았으면 좋겠다. 기계도 아니고 어떻게 사람이 책을 읽고 몽땅 기억할 수 있단 말인가. 다만, 기억하려는 강박 대신 정리해 둔다는 개념으로 접근하면 좋겠다. 글을 써서 정리해두니 굳이 머릿속으로 기억할 필요가 없다. 아울러 책의 내용뿐만 아니라 나의 생각과 의견도 함께 정리해두면, 서서히 확장되어 가는 사고와 성장하는 내 모습을 보는 데서 오는 기쁨과 희열도 함께 누릴 수 있을 터다.

6

꾸준한 연습은 필수다

"책 속의 문장을 통해 잃어버린 내 삶의 조각을 찾아
스스로 가치를 부여하고
그 가치가 타인의 삶에 도움이 될 수 있도록
현실에 맞게 재창조하는 독서법"

① 책의 내용을 "이해"하고,

② 내 삶에 적용할 만한 "키워드"를 선정한다.

③ 키워드에 어울리는 내 지난 삶의 이야기를 "회상"하고,

④ 저자의 삶에 내 삶을 "투영"하여 지난 삶의 이야기를 재해석한다.

⑤ 새롭게 태어난 이야기를 독자들을 위한 메시지로 전환한다.

강안독서의 다섯 단계는 매번 책을 읽을 때마다, 그리고 글을 쓸 때마다 활용하는 나만의 방식이다. 이 책을 읽는 독자들은 각자의 독서방법을 가지고 있을 수도 있고 그렇지 않을 수도 있다. 내가 말하는 독서의 방법이 무조건 옳다고 주장할 마음은 없다. 다만, 나는 강안독서를 통해 '즐거운 책 읽기'를 누리고 있다는 사실만큼은 틀림이 없다.

분명히 말하지만, 강안독서의 진짜 가치는 '완성'에 있지 않고 '과정'에 있다. 당신이 어떤 방식으로 책을 읽는 사람인지는 모르겠지만, 만약 독서를 할 때마다 뭔가 아쉬움이 남고 제대로 읽고 있는 것인지 의구심이 드는 사람이라면 한 번쯤 강안독서의 힘을 믿어도 좋을 것 같다.

다섯 단계를 처음 진행하는 사람은 당연히 시간이 오래 걸릴 터다. 어쩌면, 책 한 권 읽는데 뭐가 이리 복잡하냐며 손사레를 칠지도 모르겠다.

한 가지 물어보고 싶은 것이 있다. 당신은 도대체 왜 책을 빨리 읽으려고 하는가? 왜 느긋한 마음으로 한 문장씩 들여다보고 생각하고 뭔가 얻으려 하지 않고, 쏜살같이 읽고 덮으려 하는가? 도대체 누가 당신으로 하여금 빨리 읽어야 하는 강박과 완독해야 한다는 스트레스를 덮어씌운 것인가!

책을 빨리 읽는 방법 즉, 속독법에 관한 강연이나 책이 시중에 많이 나와 있다. 강연이나 책의 내용을 보면 나도 빨리 읽고 싶다는 욕심이 자연스레 생겨난다. 나름 속독의 장점도 많고, 좋은 책을 빨리 읽는 데서 오는 시간 절약이나 효용도 무시할 수 없다.

그런데 속독법을 강연하는 사람이나 속독에 관한 책을 쓴 사람들은 맨 처음 독서를 시작할 때부터 속독으로 책을 읽었을까? 아마 그런 사람은 한 명도 없을 것이다. 다들 처음에는 우리와 똑같이 느리게 천천히 읽었을 것이 분명하다. 그러다가 책을 많이 읽었겠지. 많이 읽으면서 나름 독서의 방법이나 속독의 요령을 찾았을 것이다.

결론은 나왔다. 많이 읽다보면 빨리 읽게 된다. 개인마다 차이가 있겠지만, 누구나 어느 정도의 책을 읽다 보면 자신만의 속도를 찾을 수 있게 된다. 나도 예외가 아니었다. 맨 처음 감옥에서 책을 읽을 때에는 하루에 한 권도 읽기 힘들었다. 아무 일도 하지 않고 책만 읽었는데도 말이다. 지금은 가볍고 얇은 책은 한 시간에 읽기도 하고, 다소 부담스러운 책도 세 시간을 넘기지 않는다. 속독이 아니다. 많이 읽었기 때문에 그만큼 요령이 생겼다. 속독에 집착하지 말고, 적은 양이라도 매일 꾸준하게 읽었으면 좋겠다.

이왕이면 강안독서를 실천해보길 권한다. 읽는 속도에 관한 강박을 내려놓고, 한 권이라도 제대로 읽고 나의 것으로 만들겠다는 느긋한 마음으로 강안독서의 5단계를 적용해보라. 나는 강안독서가 사람들에게 '독서의 참맛'을 전하길 기대한다. 이 책을 쓴 가장 큰 이유다.

평생 한 권도 책을 읽지 않았던 내가 독서 예찬론자가 됐다. 잘 쓰기 위해 시작한 읽기가 내 삶을 통째로 바꾸었다. 나 같은 사람이 책을 읽고 삶이 바뀌었다면, 이 세상에 책으로 바꾸지 못할 인생은 없다고 믿는다.

최소한 당신이 지금 앉아 있는 곳이 감옥은 아닐 것이고(물론 감옥이라도 상관없다), 전 재산을 탕진하고 빈털터리 가족이 한 끼를 걱정하는 상황도 아닐 것이며(뭐 그래도 상관없다), 막노동판에서 오물을 뒤집어쓰고 돌아와 세탁기를 망가뜨리는 가장도 아닐 것이다(이쯤 되면 나와 비슷하다는 생각에 악수 한번 나누고 싶어진다).

나를 믿고, 강안독서를 한 번 실천해보라. 느긋한 마음으로 책을 펼쳐 제목과 목차를 먼저 훑어본다. 그리고 천천히 책을 읽다가 가슴에 닿는 부분이 나오면 거기서 멈춘다. 내용을 확실히 "이해"한 후, 내 삶에 적용할 만한 키워드를 "선택"한다.

키워드와 어울릴 만한 삶의 기억들을 "회상"한다. 그리고 저자의 삶에 나의 기억을 "투영"시키고, 내 삶에 어떤 영향을 미쳤는지 재해석한다.

이제 위 내용들을 정리해 한 편의 글을 쓰고, 세상 누군가의 삶에 선한 영향을 줄 수 있도록 메시지를 담다 책으로 펴낸다.

당신은 위대한 독서가이며, 작가이다!

PART 5

강안독서를 넘어

막노동판에서 일을 하는 사람들 중에는 흔히 '선수'라 불리는 이들이 있다. 작업 현장에 도착하면 알아서 복장을 갖추고 필요한 도구를 챙겨 자신의 몫으로 주어진 자리에 가 망설임 없이 일을 시작한다. 일일이 설명을 들어야 겨우 움직일 수 있는 '초짜'들과는 확연 다른 모습이다.

현장에 도착하자마자 어쩜 그리도 척척 알아서 잘 하는 거냐고, 부러운 마음 가득 담아 어느 선배에게 물어본 적이 있다. 대답은 싱거웠지만, 나는 그 선배의 말을 아직도 잊을 수가 없다.

"삼십 년 했다. 이제 몸이 알아서 움직여. 습관을 넘어 인생이 된 거지. 뭘 생각하냐? 그냥 움직이는 거야."

1

독서 습관이 먼저다

철판을 모서리에 연결하기 위해서 드릴 작업을 오랫동안 한 적이 있다. 막노동판 잡부에게 주어지는 일은 상상을 초월할 정도로 다양하다. 한 가지 일을 며칠씩 계속할 기회가 주어지는 것도 한편으로는 운이 좋은 경우다.

아무튼 철판을 뚫고 연결하는 드릴 작업을 꽤 오랫동안 하면서, 나름 스킬을 익힐 수 있었고 작업 기한이 끝나갈 무렵에는 어느 정도 자신감이 생길 정도로 손에 익었다.

드릴을 손에 쥐고 나사못을 철판에 댄다. 그리고는 드릴을 돌려 나사못과 철판과 기둥을 하나로 연결한다. 문제는, 철판의 표면이 대단히 매끄러운 관계로 자칫 드릴을 잘못 돌리면 나사못만 튕겨나가고 구멍은 뚫지도 못하는 사태가 발생한다는 점이다. 전동 드릴은 꽤 날카롭고 빠르게 돌아간다. 나사못이 구멍을 뚫지 못하고 주변으로 튕겨져 나가면 주변 사람을 다치게 만드는 사고로 이어질 수도 있다.

처음 드릴을 잡았을 때 속에 천불이 나는 줄 알았다. 나사못의 끝이 뾰족하기 때문에 드릴을 약간만 돌려도 고꾸라지고 튕겨져 나가버렸다. 숙련된 고참들의 작업을 지켜보고 있으면 세상에 그보다 쉬운 일이 없을 것만 같은데, 내가 하면 좀체 구멍을 뚫을 수 없으니 창피하기도 하고 굴욕적이기도 했다.

사흘쯤 됐을 때에야 비로소 나사못과 드릴이 손에 익었다. 철판에 자리만 정해지면 아주 약한 힘으로 드릴을 살살 돌려 먼저 자국을 내고, 어느 정도 철판이 눌렸다 생각될 때 힘주어 나사못을 박아버린다. 오죽했으면 주변 고참들이 박수까지 쳐대며 나를 놀렸을까.

"오, 이제 좀 하는데! 나사못 하나 박는 데 사흘 걸리는구만. 여기 현장 작업 끝내려면 한 삼십 년 걸리겠네."

창피한 마음에 얼굴이 시뻘개지긴 했지만, 그래도 나사못이 척척 박혀 들어가는 기쁨에 비하면 고참들의 싱거운 소리는 얼마든지 무시할 수 있을 정도였다.

손에 익는다는 말은 무슨 뜻일까? 요령과 기술을 터득했다는 말로 표현할 수도 있겠지만, 나는 습관이란 표현이 더 어울린다고 본다. 요령과 기술이 더 중요하다면 나는 하루 만에 나사못을 다룰 수 있어야 했다. 솔직히 막노동판 잡부의 일 중에서 요령이나 기술이 필요한 일은 극히 드물다. 대부분이 그저 몸으로 익히고 체득하여 습관적으로 처리할 수 있는 작업들이다.

이렇게 작업을 몸으로 익히고 나면, 가장 편한 점이 있다. 작업 현장으로 가는 길이 두렵거나 부담스럽지 않다는 사실이다. 나사못을 박지 못하던 처음 사흘 동안은 아침마다 도살장으로 끌려가는 기분이었다. 오늘은 또 얼마나 욕을 먹어야 하나. 그러나 사흘이 지나고 드릴을 마음대로 다룰 수 있게 되었을 때에는 작업 현장으로 가는 길이 그렇게 홀가분할 수 없었다. 무슨 일이든 마찬가지 아니겠는가.

책을 읽는 습관을 갖지 못한 사람들에게 책을 펼치는 일은 여간 부담스러운 행위가 아닐 수 없다. 내용의 이해는 물론이고 오랜 시간 한 자리에 앉아 고개를 숙이고 글을 읽어야 한다는 것 자체가 괴롭고 힘든 일이다. 인내가 필요하고 끈기가 필요하다. 아무리 좋은 삶의 영양분을 얻는다 하더라도 그 과정이 고통스럽고 재미없다고 느껴질 때에는 독서를 제대로 즐기기 힘들다.

오랜 시간 책을 읽으면 습관으로 자리 잡을 수 있다. 그러나 독서를 처음 시작하는 단계에 있는 사람들이나 여전히 독서가 습관화되지 않은 이들에게 '오랜 시간'이란 말은 별로 가슴에 와 닿지 않는 표현이다. 어떻게 하면 독서에 쉽게 접근할 수 있을까. 어떻게 하면 좀 더 재미있게 독서습관을 들일 수 있을까. 이 질문에 대해, 나는 조금의 망설임도 없이 강안독서를 추천하고 싶다.

내가 가진 뭔가를 통해 타인의 삶에 도움을 줄 수 있다는 사실은 상당히 매력적이고 고무적인 현상이다. 특히, 별것 아니라고 여기던 나의 지난 과거가 누군가에게 귀한 조언이나 도움이 될 수 있다는 점은 독서를 가까이 할 수 있는 최고의 동기부여가 된다.

책을 읽는다. 읽은 내용과 흡사한 내 삶의 기억을 찾는다. 지금의 내가 있기까지 과거 삶의 순간이 미친 영향들을 정리하고 재해석한다. 깨달은 점을 다시 정리하여 독자들에게 전한다. 이런 일련의 과정을 통해 스스로의 삶에는 가치를 부여하고, 타인에게도 도움을 줄 수 있는 것이다.

강안독서의 5단계를 처음 실행하는 이들은 다소 귀찮고 복잡하고 어렵게 느껴질 수 있다. 나사못을 처음 돌리는 초보 일꾼이 그랬던 것처럼, 단계별로 실행할 때마다 그만두고 싶다는 생각이 들지도 모른다. 분명히 말하지만, 강안독서의 5단계를 연습하는 것도 사흘이면 충분하다. 게다가 충분한 연습을 반복해 완전히 습관화될 수 있다면, 이제 굳이 5단계를 따로 나눠 연습할 필요조차 사라지게 된다. 편안한 마음으로 책을 읽기만 해도 5단계가 자연스럽게 머릿속에 그려지고, 독서 후 바로 글쓰기도 가능하게 된다. 어렵고 힘든 일을 습관으로 만들면, 습관은 그 어렵고 힘든 일을 평생 쉽게 만들어준다.

많은 사람들에게 독서가 습관이 되었으면 좋겠다. 굳을 결심을 하지 않아도, 이를 악물지 않아도, 플래너에 독서 계획을 빼곡이 써넣지 않아도, 자연스럽게 책을 잡아 읽는 습관이 우리 삶에 자리 잡길 기대해본다. 책 읽을 시간이 없다는 말은 틀린 표현이다. 시간부터 내놓고 책을 읽어야 한다.

나는 하루에 한 권, 많을 때는 하루에 두 권씩 책을 읽는다. 한 달 평균 40권에서 60권 정도의 책을 읽고 있다. 내가 얼마나 책을 많이 읽는지 자랑하고 싶은 마음은 추호도 없다. 열심히 신앙생활을 하는 사람들이 모두 거룩하지는 않은 것처럼, 책을 많이 읽는다고 해서 내 스스로가 인격적으로 고양되었거나 지적인 성장을 크게 이루었다고 자부하지는 않는다.

나는 7년째 독서 중이다. 책을 통해 이뤄낸 가장 큰 변화는 내 삶에 일어나는 모든 사건과 사고들 즉, 부정적이고 견디기 힘든 고통과 시련들을 그저 '바라볼 수 있는' 여유가 생겼다는 점이다. 무슨 수행자의 말처럼 들릴 지도 모르겠지만 이보다 더 사실적으로 표현할 길이 없다.

강안독서를 활용하며 읽었다. 저자의 삶을 보고, 내 삶을 끼워 맞췄다. 빈틈없이 들어맞는 삶도 있었고, 전혀 아구가 맞지 않는 삶도 많았다. 공감이 가는 내용도 있었고, 내 생각으로는 도무지 납득이 되지 않는 이야기도 많았다. 그럴 때마다 생각했다. '그럴 수도 있겠네.'

바로 이 '그럴 수도 있겠네'라는 생각이야말로 내 삶을 변화시킨 가장 큰 요소다. 맞고 틀림이 아니라, 옳고 그름이 아니라, 순전히 다를 뿐이라고. 다름을 인정하기 시작한 후부터 편협했던 사고의 벽이 깨지기 시작했다. 지식과 정보를 얻고, 삶의 처세 따위를 얻는 독서에서 생각의 틀을 깨는 독서로 진보했다. 책을 통해 얻은 사고의 방법은 돈을 주고 살 수 없는 가치였다. 한 달 책 구입비용이 만만치 않다. 가족들의 불만도 날이 갈수록 커지고 있다. 책을 꽂아둘 책장이 없어 책상 옆에 탑을 쌓아두었다. 위태로운 책의 탑을 매일 보면서 남모를 흥분과 설렘을 느낀다.

책이 삶 속에 들어오도록 하기 위해서는 조금씩이라도 매일 읽어야 한다. 습관이란, 매일 같은 행동을 반복하는 행위다. 이왕이면 정해진 시간에 같은 행동을 반복하는 것이 좋다. 내 경우에는, 새벽에 일어나 글을 쓰고 이어서 바로 책을 잡는다. 아침 시간에는 주로 책을 읽으며 시간을 보내고, 오후에는 수강생들의 원고를 읽는다. 완성되지 않은 초고조차 한 편의 글이고 책이라 본다면, 나는 결국 하루 종일 읽고 쓰는 생활을 반복한다고 볼 수 있다.

매일 읽는 사람치고는 하루 한두 권의 독서가 결코 많은 양이라 할 수 없겠다. 습관이 되었고, 나도 모르게 책을 들고 다니고, 강의가 있는 날에는 가방 속에 무슨 책을 넣어갈지 한참이나 고민하기도 한다.

운동이나 글쓰기도 마찬가지겠지만, 특히 독서는 최대한 빨리 습관으로 만드는 것이 좋다. 어쨌든 우리가 책을 읽는 가장 근본적인 이유는 즐겁고 행복하기 위해서가 아니겠는가. 재미가 없으면 싫증이 난다. 재미있고 즐겁고 행복하면 누가 뜯어말려도 책을 읽게 된다.

독서를 습관으로 만드는 과정에서 강안독서가 큰 도움이 된다면 바랄 것이 없겠다. 혹시라도 강안독서가 자신에게 맞지 않는다고 판단된다면, 그래도 아무 상관없다. 개인마다 독서의 방식에 차이가 있고, 책을 읽는 장소나 속도, 집중력도 모두 제각각일 터다. 나름대로 자신에게 맞는 독서 방법을 찾아 매일 책을 읽는 습관을 들일 수만 있다면, 방법적 측면이야 뭐가 그리 중요하겠는가.

2

독서는 어떻게 삶을 바꾸는가

성공한 사람들의 스토리를 읽다 보면 항상 그럴 듯하게 중복되는 과정을 알 수 있다. 어린 시절, 지독한 가난에 밥을 굶으면서도 허름한 쪽방 한쪽 구석에서 냄새 나는 홑이불을 뒤집어쓰고 필사적으로 책을 읽었다는 이야기. 그들에게 책은 도피처였다. 악몽 같은 현실을 잠시나마 벗어나 새로운 세상 속으로 빠져들 수 있는 유일한 방법이 독서였을 것이다.

이렇게 성공한 사람들의 이야기를 읽으면, 마치 독서가 성공으로 가는 필수적인 요소처럼 느껴진다. 그러나 현실은 다르다. 책을 많이 읽는다고 해서 무조건 성공하는 것도 아니고, 모든 책이 성공으로 가는 길을 알려주는 나침반이 되지도 않는다. 그렇다면 우리는 대체 왜 책을 읽는 것일까?

책을 읽는 이유를 말하자면 아마 이번 장을 통째로 쓰고도 모자랄 듯하다. 지식과 정보를 얻기 위해서, 단순한 즐거움을 위해서, 삶의 철학과 가치관을 정립하기 위해서, 혼자만의 사색의 시간을 갖기 위해서, 타인의 삶을 간접 경험하고 거기에서 뭔가 배우고 깨닫기 위해서, 생각의 폭을 넓히고 역경을 견디는 내공을 갖추기 위해서…….

그렇다. 우리는 이처럼 책을 통해 뭔가를 얻을 수 있다고 믿으며, 실제 독서를 통해 성장과 발전을 이룬다는 사실은 변함없는 진리다. 뭔가를 얻는다는 말을 다르게 표현한다면, '가치'라고 말할 수 있겠다.

식당에서 밥을 먹고 나면 값을 지불한다. 헬스 클럽에 가도 돈을 지불하고, 스마트폰을 살 때도 돈을 지불한다. 책도 예외가 아니다. 돈을 지불한다는 말은 '가치'와 맞바꾼다는 말이다. 그렇다면 15,000원 정도의 가격을 지불하는 책의 진짜 가치는 무엇일까?

위에서 말한 책의 가치들 모두 빼놓을 수 없는 중요한 것들이지만, 나는 책의 진짜 가치를 '내 삶의 해석'에 두고 싶다.

전과자, 파산자, 알코올 중독자, 막노동꾼. 단순히 그런 과거를 겪었다고 말하기에는 너무 참혹했다. 쓰나미에 쓸려 다니던 그 순간들이 힘들었던 것은 말할 것도 없지만, 더 지독하게 나를 괴롭혔던 것은 모든 역경이 지나고 난 후였다.

길에서 불시 검문을 받은 적이 있었다. 특별한 이유 없이 일제 순찰 기간 중 동네 지구대로 따라가 순경들로부터 신분증 제출을 요구

받았다. 뭐 그런 일이야 특별할 것도 없었고, 나만 검문한 것도 아니었기에 순순히 신분증을 꺼내 순경에게 내밀었다. 주민등록번호를 입력하고 잠시 후 신분증을 돌려주었고, 나는 가던 길을 향해 발걸음을 뗐다. 그리고 등 뒤에서 들려오는 순경들의 한 마디.

"저 사람 전과가 있네."

집으로 돌아오는 내내 숨쉬기가 힘들었다. 죽는 날까지 사라지지 않을 꼬리표. 아내와 아들이 없는 자리에서 검문을 당한 것이 천만다행이라는 안도감. 손목을 옥죄던 차가운 수갑의 느낌이 되살아나는 듯했다. 교도소 안에서만 맡을 수 있는 특유의 냄새가 뇌를 자극했다. 등에서는 식은땀이 흘렀고, 몇 번이나 멈춰 서서 심호흡을 하고서야 집에 도착할 수 있었다.

혹독했던 과거의 트라우마를 벗어날 수 있었던 것은 순전히 독서와 글쓰기 덕분이었다. 다 지났으니까 말을 쉽게 한다고 여기는 독자들이 있을지 모르겠지만, 작가이자 강연가인 내 입장에서도 뭔가 특별한 과정이 있었다면 더 좋았겠다 싶은 심정이다.

책을 읽으며 깨달았다. 극심한 고통과 최악의 불행을 겪은 사람들 중에서 다시 일어나 보란 듯이 세상 위에 우뚝 선 사람들은 하나같이 공통점이 있다는 사실을. 그들은 자신이 처한 불운과 시련을 바라보는 눈이 달랐다.

"어떻게 해야만 지금의 상황을 잘 이용해서 다른 사람들에게 도움을 줄 수 있을까?"

흔히 성공의 씨앗이라 일컫는 말이다. 아무리 힘들고 어려운 상황에 부딪치더라도, 그 역경은 반드시 이유가 있으며, 또 타인을 도울 수 있는 메시지를 담고 있다는 사실을 잊어서는 안 된다.

솔직히 나도 처음에는 비웃었다. 전과자, 파산자, 막노동꾼, 알코올 중독자였던 수치스럽고 엉망인 과거 이야기를 가지고 대체 어떻게 남을 돕는다는 말인가.

책을 읽었다. 나의 과거를 돌이키고, 저자의 삶에 대입했다. 그리고 《내가 글을 쓰는 이유》라는 책을 썼다. 독자들의 반응은 기대 이상이었다. 엄청난 판매량을 말하는 것이 아니라, 개인들의 반응이 신기할 정도로 비슷했다는 뜻이다.

힘들고 어려운 상황에 직면한 독자들이 글을 쓰기 시작했다는 편지를 보내왔다. 블로그, 메일, 온라인 서점, 출판사 홈페이지 등을 통해 수많은 독자들이 '나도 한번 다시 살아보겠다!'는 뜻을 밝혀왔다. 그때의 기분은 이루 말할 수 없다.

쓰레기 같은 인생. 완전히 무너져버려 다시는 평범한 삶으로 돌아갈 수 없을 것 같았던 나의 이야기가, 얼굴도 모르는 누군가의 삶에 선한 영향을 미쳤다는 사실을 믿을 수가 없었다. 책의 힘, 그리고 글쓰기의 힘이 위대하다는 사실을 온몸으로 실감했다. 죽는 날까지 책을 손에서 놓지 않기로, 힘이 닿는 날까지 최선을 다해 글을 쓰기로 입술을 깨물며 거듭 결심했다.

책을 읽지 않았더라면 상상도 할 수 없을 일이다. 그냥 글자만 읽고 책의 내용을 이해하고 넘어갔다면 결코 일어나지 않았을 일이다. 책을 통해 저자의 삶을 읽고, 거기에 내 삶을 대입해 새롭게 해석한다. 악몽 같은 기억들, 최악의 삶이라는 수식어를 어떻게든 활용해 남을 돕는 곳에 사용할 수 있도록 풀어낸다. 기적 같은 일이었다.

굳이 나처럼 감옥에 다녀올 필요는 없다. 파산을 하거나 알코올 중독자가 되거나 막노동을 할 필요도 없다. 우리 삶에는 크고 작은 시련과 고통이 넘쳐난다. 다른 사람의 그것과 비교하는 것은 별 의미가 없다. 오직 내 마음 속에 역경의 순간들이 존재한다는 사실이 중요하다.

독서를 하라. 그리고 저자의 삶을 만나라. 우리가 간직하고 있는 모든 상처와 아픔과 시련과 고통은 반드시 '해석'할 수 있다. 어쩔 수 없는 과거라고 포기해 버리면 그대로 아픈 기억일 뿐이지만, 어떤 아픔도 소중한 내 삶의 일부라고 여기기 시작하면 거기에서 메시지를 찾아낼 수 있다.

신기한 것은, 그냥 천장을 바라보며 내 삶을 좋은 쪽으로 해석하는 것은 매우 어렵고 힘들기도 하고 거의 불가능에 가깝지만, 느긋한 마음으로 책을 읽으며 저자의 삶을 읽으면 참 쉽게 '나'를 만나게 된다는 사실이다.

자신의 삶이 가치 있다는 생각이야말로 자존감의 시작이다. 형식적인 말들로 "나는 나를 존중한다"고 백 번 되뇌는 것보다, 책을 통해 타인의 삶을 읽고 내 삶을 재해석하는 작업이 자존감을 키우는 데 훨씬 더 효과적이다. 나 같은 사람의 삶도 가치가 있는데, 하물며 이 책을 읽는 평범한 독자들의 삶이야 더 말할 것이 있겠는가.

당신의 삶의 경험을 보잘것없이 여기지 말았으면 좋겠다. 별것 아니라고 여기는 당신의 삶의 이야기가 어쩌면 누군가의 삶을 바꾸게 될지도 모른다.

책을 읽고, 저자의 삶을 만나고, 그리고 당신의 삶을 써라. 강안독서를 통해 내 삶이 진정 가치 있다는 사실을 알게 되면, 그때부터는 아침에 눈을 뜰 때마다 가슴이 뜨거울지도 모른다. 남은 삶에서도 반드시 다른 사람들과 세상에 도움이 될 만한 가치로운 삶을 살아야겠다는 다짐도 더불어 하게 될 것이다.

독서는 삶을 바꾼다. 무엇보다 삶을 대하는 방식 자체를 바꾸기 때문에, 요요현상이 전혀 생겨나지 않는다. 책을 읽고 글을 쓴다. 삶을 읽고 삶을 쓴다. 누군가가 쓴 책을 읽고 내 삶이 변하고, 내가 쓴 글을 읽고 누군가의 삶이 바뀐다. 읽고 쓰는 삶이 세상을 바꾼다. 오늘도 책에 밑줄을 긋고, 한 줄의 글로 여백을 채운다.

3

책 읽는 시간

아! 어디서부터 풀어내야 할까. 막막하기만 하다. 책 읽을 시간이 없다는 말은 과거 평생 동안 내가 해왔던 말이고, 감옥에 수감된 후에야 책을 읽기 시작했으니 독자들의 반응이 귓가에 울리는 듯하다.

"당신은 감빵에 갔으니까 시간도 많았겠지. 나는 먹고 살기 바빠서 정말 시간이 없단 말이야! 오늘도 야근에 회식이고, 다음 주에는 지방 출장도 가야 하고, 책상 위에는 밀린 업무가 산더미거든. 늦은 밤에 퇴근하면 양말도 못 벗고 쓰러져 자야 해. 도대체가 언제 책을 읽으란 말이야. 누가 읽기 싫어서 안 읽는 줄 알아? 아무리 독서가 좋아도 현실은 현실이야. 누가 뭐래도 책 읽는 사람들은 책 읽을 시간이 있는 사람들이고, 나는 아무리 시간을 쪼개도 책 읽을 시간은 도저히 내지 못한다고!"

아들은 중학교 2학년이다. 다른 집 아이들도 으레 그렇듯이, 벌써부터 바쁘기가 이루 말할 수 없다. 학교에서 돌아오기 무섭게 학원으로 간다. 밤늦게 학원에서 돌아오면 이어서 태권도를 배운다. 하루 일과가 모두 끝나고 방에 앉으면, 그때부터 엄마와 함께 숙제를 한다. 곁에서 보고 있기 안타까울 정도로 빼곡한 일정을 매일 소화하고 있다. 웬만한 직장인과 비교해도 여유가 없기는 매 한가지인 듯하다.

그런 아들이 게임기를 사달라고 졸랐다. 아내의 눈치를 보아하니 이미 어느 정도 허락할 마음을 가진 듯했다. 하나밖에 없는 아들, 게임기 하나 못 사주겠냐며 다부지게 약속을 했다. 그리고는 물었다.

"너 게임할 시간이 있기는 하냐?"

시원한 대답을 듣지는 못했지만, 어쨌든 아빠인 내 임무는 게임기를 사다주는 것으로 전부라는 생각에 다음 날 원하는 기종으로 구입해 선물해줬다.

게임기를 사 주었지만 아들의 일상 생활에는 변화가 없었다. 학교와 학원, 태권도, 숙제까지 매일 반복되는 정신없이 바쁜 일상이 돌아가고 있는데 과연 게임을 할 수나 있을까.

아빠의 쓸데없는 걱정이었다. 아들은 매일 게임을 하고 있으며, 그것도 충분히 즐기고 있었다. 학원 가기 전후, 태권도 가기 전 틈새 시간, 숙제를 하는 틈틈이…… 참 기가 막힐 정도로 틈새 시간을 쪼개고 쪼개어 게임을 즐겼다. 주말이 되면 조금 더 여유롭게 게임을 했고, 다행인 것은 해야 할 공부와 숙제를 무난하게 하면서 게임을 했기 때문에 엄마 눈치를 볼 필요도 없었다.

도저히 시간을 낼 수 없을 것만 같았던 아들 녀석이 저토록 신나게 게임을 즐길 수 있는 이유는 오직 한 가지뿐이다. 게임을 좋아하기 때문이란 사실.

이제 우리는 좀 솔직해질 필요가 있겠다. 과거 10년 동안의 대기업 직장생활을 경험한 나는, 시간이 없다는 말이 무슨 말인지 충분히 이해하고 공감한다. 그러나 누군가의 이해를 구하기 전에 자기 자신이 가장 잘 알고 있다. 마음만 먹으면 얼마든지 시간을 낼 수 있다는 사실을 말이다. 이 부분에서 눈에 불을 켜고 달려들 사람들도 있을지 모르겠다. 정말 시간이 없단 말이야!

좋아하는 일은 어떻게든 하기 마련이다. 아들은 게임을 하고, 직장인들은 낚시나 축구를 한다. 가정주부는 커피숍에서 대화를 나누고, 사업가는 골프를 친다. 이유를 갖다 붙이자면 끝도 없다. 어쨌든 중요한 것은 바쁜 일상 외에도 분명 뭔가를 하긴 한다는 사실이다.

책을 읽을 시간이 없다는 말은, 책 읽기를 별로 즐기지 않는다는 뜻이다. 일체의 반론도 용납되지 않는다. 스스로를 속이지 말자. 우리는 이미 어린아이가 아니다. 시간이 없다는 말을 듣고, 아 정말 바쁜 사람이구나 라고 생각할 이는 한 명도 없다. 무슨 말인지 다 알기 때문이다. 보험에 가입하라는 권유를 받으면 여윳돈이 없다고 하고, 신문을 받아보라고 하면 이미 받아보는 신문이 있다고 하고, 대출 받으라는 전화가 오면 돈이 넘쳐나서 쓸 데가 없다며 거절한다. 다들 알고 있지 않은가. 거절을 위한 거절. 책도 마찬가지다.

읽을 마음이 있고, 책을 좋아하는 사람은 아무리 바빠도 책 읽을 시간만큼은 양보하지 않는다. 앞서 언급한 바 있지만, 여유 시간에 책을 읽는 것이 아니라 책 읽을 시간은 무조건 따로 떼어놓아야 한다. 삶에서 책이 얼마나 중요한 부분을 차지하는가. 책은 당신의 삶에서 어느 정도의 가치인가. 이 질문에 대한 대답이 책 읽는 시간을 마련한다.

만약 당신의 삶에서 책이 별로 중요하지 않다면, 당신은 여전히 책 읽을 시간을 내지 못할 것이다. 그리고 바쁘다는 핑계가 책을 멀리 할 수 있는 최선의 핑계로 자리 잡을 것이 분명하다. 반면, 책이 당신의 삶에서 정말 중요하고 큰 의미를 가진다면 이제 당신은 더 이상 시간 핑계를 대서는 안 된다. 삶에서 중요한 가치라면, 당연히 시간을 만들어야 정상이다. 내 삶에 아주 중요하고, 귀한 가치를 가지는 일인데 시간을 낼 수 없다면 도대체 살아가는 이유가 무엇인가.

평생 책을 한 권도 읽지 않다가 삶의 모든 것을 한꺼번에 잃고 세상의 뒤편으로 버려졌을 때, 나는 그 쓰레기장 같은 곳에서 책을 만났다. 가슴을 찢으며 오열했다. 분하고 억울하고 원통해서 잠을 잘 수가 없었다. 그 안에, 책 속에, 내가 겪은 모든 일들과 아픔과 상처와 실패와 고통과 번뇌가 모두 담겨 있었다. 왜 이제야 읽게 됐던가.

책을 부여잡고 울었다. 후회만이 아니었다. 속 시원한 통쾌한 울음이었다. 지난 삶의 기억은 남은 날의 씨앗이 되었고, 남은 생의 날들에서 만나게 될 또 다른 고통과 시련들을 상대할 내공이 길러졌다.

시간! 그것은 독서의 뒤편으로 밀려났다. 독서가 먼저였고, 시간은 그 뒤였다. 이제 나의 하루는 책을 읽고 글을 쓰는 시간 이외의 시간들로 구성된다. 남들의 하루는 24시간이지만, 나의 하루는 16시간이다. 4시간 글을 쓰고, 4시간 책을 읽는다.

정신없이 바쁘게 살아가는 사람들을 두고 비난할 생각은 추호도 없다. 다만, 내 경험상 독서는 삶에 없어서는 안 될 귀한 가치이며 한 순간도 손에서 놓지 말아야 할 보물이기 때문에 한 번쯤 만사를 제쳐두고 책을 읽어보길 진심으로 권하는 것이다.

자이언트 북 컨설팅의 대표. 불과 1년 10개월 만에 169명의 신예작가를 배출한 대한민국 1호 출간 프로듀서. 작가. 강연가. 칼럼니스트.

삶의 바닥에서 기어올라 지금의 자리까지 오기까지, 내가 한 일이라고는 책을 읽고 글을 쓴 것밖에 없다. 사람을 만날 때마다 한 치의 망설임도 없이 권한다.

"책을 읽으십시오. 글을 쓰십시오!"

4

한 달이면 충분하다

어떤 새로운 일을 습관으로 자리 잡는 데 걸리는 시간은 사람마다 다르겠지만, 통상 21일이라 하는 경우도 있고 60일이라 말하기도 한다. 내 경험에 비추어보자면, 매일 같은 일을 반복하면서 습관으로 만드는 데에는 한 달이면 충분하다. 단, 여기에는 조건이 있다.

매일 같은 시간에 같은 행동을 반복한다는 전제다. 같은 시간에 같을 일을 한 달간 반복하면 습관으로 갖출 수 있다는 말이 어쩌면 매우 쉽게 들릴지도 모르겠다. 한 달이란 시간은 생각보다 꽤 길고, 같은 시간에 같은 일을 반복한다는 것도 결코 쉽지 않음을 막상 실천해보면 느낄 수 있으리라.

그렇다면 왜 소주제의 제목을 '한 달이면 충분하다'라며 다소 쉽다는 느낌을 강조한 것일까. 그것은 독서가 습관으로 갖춰졌을 때 우리 삶에 미치는 영향의 정도가 한 달이라는 시간이나 매일 같은 일을 반복하는 어려움에 비할 바가 아니기 때문이다.

나는 한 달 만에 습관으로 만든 책 읽기를 7년째 이어가고 있다. 이쯤 되면, 한 달이란 시간 동안 몰입해서 습관으로 만들 충분한 가치가 있지 않겠는가.

미라클 모닝을 비롯해 많은 사람들이 자신을 관리하고 발전 및 성장시키기 위한 습관들을 만들기 위해 부단히 노력하는 모습을 볼 수 있다. 메모하는 습관, 글쓰기 습관, 다이어트 습관, 운동 습관, 명상 습관, 독서 습관, 긍정의 말하기 습관, 시간 관리 습관 등등 그 종류도 많고 다양하다. 이렇게 다양한 습관을 길들이기 위해 노력하는 것은 분명 습관이란 것이 형성되었을 때 좋은 점들이 많기 때문일 터다.

그렇다면 왜 그렇게 습관을 만들기가 힘겨운 것일까? 도전하고 노력하는 사람의 수의 비해 정작 습관으로 정착시켜 오랜 시간 지속하고 있는 사람이 드문 이유는 무엇일까?

개인의 상황과 환경, 의지와 노력 여하에 따라 여러 가지 이유가 있겠지만 최소한 내 입장에서 볼 때는 '억지로' 습관을 만들려고 애쓰기 때문인 것 같다. 무슨 일이든 절실함과 필요성이 먼저다. 매일 글을 쓰는 것이 어렵고 힘들다는 사람들에게 이렇게 물어본다.

"매일 한 장씩 글을 쓰지 않으면, 당신의 통장에서 50만 원씩 빠져나간다고 가정합시다. 자, 매일 글을 쓰는 것이 어렵고 힘들다는 말이 계속 나올까요?"

거의 모든 사람들이 한결같이 답한다. 어렵고 쉽고를 따질 겨를이 어디 있냐고. 무조건 쓰는 거라고 말이다. 매일 통장에서 50만 원씩 빠져 나간다는 가정은 다소 극단적이긴 하지만, 우리가 뭔가를 습관으로 만드는 데 있어서 중요한 점을 시사한다. 내 돈 50만 원을 지켜야 한다는 절실함! 글을 쓰기만 하면 50만 원을 지킬 수 있으니 당연히 써야 한다는 필요성! 더 이상 말이 필요 없다. 쓰기 싫다는 생각도, 쓰기 힘들다는 마음도 전혀 들지 않는다. 그저 쓰는 것이다. 폐암 선고를 받은 사람은 하루아침에 담배를 끊고, 간경화 판정을 받은 사람도 평생 마신 술을 단번에 끊는다. 절실함! 필요성! 이 두 가지는 우리로 하여금 모든 변명과 핑계를 물리치도록 만드는 핵심 요소다.

책을 읽어야 할 필요성을 절실하게 느끼는 사람들에게 한 달이란 시간을 통해 독서 습관을 들이는 것은 결코 어려운 일이 아니다. 그렇다면 이제 어떻게 해야 할까? 어떻게 해야만 독서를 나에게 꼭 필요하고 절실한 무엇으로 만들 수 있을까? 굳이 나처럼 감옥에 가지 않고서도, 파산을 하지 않고서도, 알코올 중독에 걸리지도 않고 막노동을 하지 않으면서도 절실한 마음으로 책을 읽게 만드는 방법은 무엇일까?

가식적인 방법이긴 하지만, 딱 한 달만 독서에 몰입하고 그 뒤로는 두 번 다시 책을 읽지 않겠다는 결심이 가장 효과적이다. 최소한 나는 그랬다. 독서에 막 입문했던 시절, 환경도 엉망이었고 집중할 수 있는 상황도 전혀 되지 못했다. 감옥이란 곳의 형편이 오죽했겠는가. 그때 내 결심이었다. 딱 한 달만! 한 달 동안만 책을 열심히 읽고, 그 후로는 평생 책을 읽지 않겠다고 결심했다.

두 가지 상반되는 조급한 마음이 들었다. 첫째는, 읽기 싫은 책을 한 달 동안이나 읽어야 한다는 생각. 둘째는, 그래도 읽을 만한 책이 많은데 한 달만에 과연 몇 권이나 읽을 수 있을까. 어찌 됐든 나는 그렇게 시작했다. 30일이란 시간 동안 최선을 다해 읽었다.

한 달이 끝나고, 나는 여전히 책을 손에서 놓지 않았다. 그 뒤로는 딱히 결심을 새로이 할 것도 없었다. 이미 책은 내 삶에 깊숙이 자리 잡았고, 독서를 하지 않는 삶은 상상조차 하기 힘들게 되었다. 내가 활용했던 이 방법을 나름 '절판기법'이라 부른다. 홈쇼핑이나 영업을 주로 하는 회사에서 활용하는 방법이다.

"마지막 찬스! 이번 기회가 아니면 절대 구입할 수 없습니다! 다음 달 부터는 가격이 인상됩니다. 지금이 마지막 기회입니다!"

평생에 책을 읽을 수 있는 마지막 한 달! 생각하고 말하고 메모해서 붙여놓고 매일 읽는다. 그러면 우리 뇌는 이 상황을 진지하게 받아들이고, 몸과 마음을 〈한 달 책 읽기〉에 최적화시킨다. 습관으로 만들기에 이보다 더 좋은 방법은 찾지 못했다. 최소한 나는 그랬다.

앞으로 10년 동안 매일 책을 읽겠다는 결심은 차마 할 수가 없겠다. 그러나 앞으로 한 달 동안 매일 책을 읽겠다는 결심은 얼마든지

가능하다.

내 삶을 바꾸는 강안독서, 한 달이면 충분하다!

5

읽고 쓰는 삶에 최선을 다하라

SNS의 탄생과 발전은 인류에게 커다란 삶의 변화를 가져다주었다. 실시간으로 전 세계 어느 곳이나 연결이 가능하고, 개인의 삶을 공유하며, 소통하고 교류할 수 있게 되었다. 늘 손에 쥐고 있기에 무감각해지긴 했지만, 가만히 들여다보고 있으면 참 대단하다 싶은 생각이 절로 든다. 역시 문명의 발전은 삶을 편리하게 만들어준다는 사실에 이견이 없다.

반면, 이러한 발전에는 중대한 문제점이 내포되어 있다. 일상생활에서 '뇌'를 사용할 기회가 거의 없다는 사실이다. 속사포처럼 쏟아지는 수많은 정보와 가십거리를 읽고 즉석에서 '좋아요' 혹은 '싫어요'를 누르는 습성이 생겨났다. 깊이 생각하고 나만의 가치관을 생성해서 살아갈 방향에 대해 고민할 만한 기회를 상실한다. '빠르다'는 것은 결코 '나쁘다'는 의미가 아니다. 그러나 '빠르다'는 속성에 사람들이 끌려 다니게 될 경우 미래는 희망적이지 않다. 결정을 빨리 내린다는 의미가 제대로 된 결정으로 이어진다는 전제는 아니다. 우리는 이제 심각하게 고민해야 한다. 빛의 속도로 변화하는 세상에서 어떻게 해야만 제대로 살아갈 수 있을 것인지 답을 찾아야만 한다. 빠른 세상에 쓸려 부목처럼 떠내려 갈 것인지, 아니면 똑바로 중심을 잡고 빠른 속도를 통제해가며 나만의 삶을 지켜낼 것인지.

여기에 대한 명확한 답으로 나는 감히 읽기와 쓰기를 제안한다. 책을 읽는 것은 주변의 모든 시간의 흐름을 내 앞으로 당겨 모으는 행위다. 흐르는 시간 속에 나를 던져 넣는 것이 아니라, 내 앞으로 시간을 모아 속도를 조절한다. 읽고, 생각하고, 기억을 찾고, 다시 해석하고, 의미를 부여하고, 가치를 만들어, 다른 사람과 세상에 전하는 행위.

물리적인 시간은 하루 24시간으로 모든 사람들에게 똑같이 주어지지만, 책을 읽는 사람들은 시, 공간을 초월하는 차원이 다른 시간 속에 살아갈 수 있다.

이 책에서 이미 여러 번 언급한 바 있지만, 나는 개인적으로 속독에 반대하는 입장이다. 빨리 읽는다는 것의 장점도 없지는 않겠지만, 양 손으로 책을 펼쳐 그 안으로 깊숙이 빠져드는 행위에 시간적인 조급함을 더하고 싶은 마음은 추호도 없다. 책을 읽는 시간만큼은 오롯한 느림의 순간이고, 과거의 나를 만나는 공간이며, 깊이 생각하고 찾고 해석하는, 그야말로 느리고 더딘 '나를 위한 시간'임을 한치도 양보하고 싶지 않다.

헤르만 헤세의 《데미안》, 알베르 카뮈의 《이방인》, 니코스 카잔차스키의 《그리스인 조르바》등의 책들을 대체 어떻게 속독으로 읽을 수 있다는 말인지 나는 결코 이해할 수가 없다. 한 장을 읽으면 읽은 시간의 몇 배가 되는 시간 동안 가만히 꼼짝 않고 그 자리에 앉아 생각하고 질문하고 답해야 한다. 한 시간 만에 후루룩 책장을 넘겨봐야 무슨 소용이 있다는 말일까.

다소 어렵게 느껴지는 책들 외에 가볍게 읽을 수 있는 책들조차 시간과 공을 들여야 한다고 믿는다. 작가가 어떤 의도로 책을 집필했는지도 물론 중요하지만, 이미 내 손에 들어온 책이라면 어떻게든 나에게 필요한 부분을 발췌하고 얻어내야 한다. 그것이 독서다. 단순히 작가의 의도나 논거에 집착해서 어떤 정보나 지식을 얻는 데서 그친다면 차라리 인터넷을 통해 필요한 내용만 확인하는 편이 훨씬 효율적일지도 모른다.

종이책이 갖는 최고의 가치는, 읽는 사람이 스스로 적극성을 띄고 읽고 멈추고 생각하는 시간을 확실히 통제할 수 있다는 점이다. 한 권의 책을 만드는 사람은 작가와 편집자, 출판사, 그리고 독자다! 인쇄소를 거쳐 시중에 책이 나오기 직전까지 책의 주인은 작가와 출판사이지만, 독자의 손에 들어온 순간부터 책은 독자의 의지에 따라 자신의 비밀스러운 이야기를 조금씩 열게 된다.

삶의 이유, 목적, 존재 따위에 대한 질문은 가끔씩 너무 거창해서 철학자나 수행자들의 몫인 것처럼 느껴질 때가 많다. 어쩌면 우리는 생각하기 귀찮고 싫다는 이유로 '삶' 자체를 소홀하게 대하는 것은 아닌지 의문스럽다.

아침형 인간, 미라클 모닝이 한반도를 들썩인 탓에 아무런 목적도 의미도 없이 새벽잠을 설치는 사람들이 얼마나 많은가! 덕분에 새벽 5시부터 '카카오톡 메시지'가 울리기 시작한다. '나 벌써 일어났어요! 대단하지요?'

감사 일기를 쓰면 삶이 풍요로워진다는 말이 입소문을 탔다. 많은 사람들이 나름의 방식으로 '감사하다'는 표현을 일상의 기록에 남긴다. 하루 종일 감사는커녕 불평과 불만 속에 빠져 허우적거리다가, 잠들기 전 '감사하다'라고 한 줄을 쓰고 만족스러워하며 노트를 덮는다. 고해성사를 하듯 모든 부정적인 생각과 행동들이 그 한 마디로 해결될 거라 믿는다.

인문학 열풍이 서점을 강타했다. 마치 유행처럼 전국 어느 서점을 가나 인문학 코너에 신간이 가득하다. 눈을 씻고 찾아봐도 신간 코너에는 '인문학에 관한 책'만 있고 '인문학'은 찾아볼 수 없다. 저기 구석진 곳 책장, 그것도 한참 아래서야 겨우 한두 권 눈에 띈다.

책을 제대로 읽기 위한 방법을 찾고 있는 것인지, 아니면 속독을 배워 이 책도 읽었다 저 책도 읽었다 빨리빨리 자랑하고 싶은 마음인 것인지. 이 세상에는 진실이란 것이 존재한다. 그 진실은 오직 자신만이 알 뿐이다. 스스로에게 솔직할 수 있다면, 굳이 말로 표현할 필요조차 없지 않을까.

가면을 쓰고 흉내내는 삶을 당장 멈춰야 한다. 내 모습으로 살아가고 있는지, 아니면 남들이 봐주기를 기대하는 모습으로 살아가고 있는지 진지하게 돌아봐야 한다.

처음 책을 읽었을 때, 내가 이렇게까지 모르고 살았나 싶을 정도로 부족함을 많이 느꼈다. 지식이나 정보에 관해서도 물론이었지만, 특히 인생이나 나 자신에 대해 지나칠 정도로 무지하다는 사실에 놀라지 않을 수가 없었다.

나이를 먹고, 적당한 수준은 된다고 믿었다. 친구나 직장 동료들 앞에서 열심히 떠들었다. 이렇게 살고, 저렇게 살아야 하고, 이것은 옳고, 저것은 못마땅하고, 이런 사람이 좋고, 저런 사람은 틀렸고…… 그 무지하고 텅 빈 수레의 바퀴소리에 세상은 얼마나 비웃었을까.

독서는 내가 부족하다는 사실을 일깨워준다. 모자라고 비어 있다는 사실을, 결코 완벽한 존재일 수 없다는 사실을 적나라하게 보여준다. 그래서 책 앞에서는 저절로 허리가 세워지고, 자세를 바로 하게 되며, 눈에는 힘을 주고, 고개는 떨구게 된다. 한 없이 공손하고 예의바르게, 그리고 낮게 또 낮게 자리 잡고 읽는다.

글자만 알면 누구나 읽고 쓸 수 있다. 수술실에 들어가 메스로 배를 가르는 외과의사만큼 전문적인 지식을 배울 필요도 없다. 앞바퀴가 두 쌍씩 달린 대형 트럭을 몰고 인천에서 부산까지 새벽마다 왕복해야 할 만큼 육체적으로 건장할 필요도 없다. 매일 책을 읽고 글을 쓰는 삶은 누구나 할 수 있다.

엄청난 속도로 움직이는 세상 속에서 당장의 결과물을 눈으로 확인할 수 없다는 사실만으로 책과 글쓰기를 멀리한다면, 결국 우리는 머지않아 세상의 흐름에 쓸려 다니는 부목 같은 인생을 살게 될 터다.

PART 6

나는 오늘도 책을 읽는다

한 달에 보름은 전국 각 지역으로 출강한다. 열차, 버스 등 대중교통을 주로 이용하고 있다. 장거리 이동 시간은 책을 읽기에 안성맞춤이다. 약간의 덜컹거림이 오히려 책 읽는 리듬을 더해준다.

강의가 없는 날에는 수강생들의 원고를 검토한다. 나를 믿고 집필 중인 사람들을 실망시킬 수 없다는 책임감에 꽤 많은 시간을 원고 검토에 할애하고 있다. 초고가 완성된 이들에게 수정안을 제시하고, 투고 준비를 시키고, 출간계약에 이르기까지 신경 써야 할 일들이 한두 가지가 아니다.

빼곡한 일정으로 지치고 피곤하지만, 나는 하루도 책을 읽지 않는 날이 없다. 차라리 해야 할 일을 다음 날로 미루고서라도 책 읽는 시간과 내 글을 쓰는 시간만큼은 절대 빼앗기지 않는다. 새로운 삶을 시작하면서부터 결심했고, 지금까지 단 한 번도 이를 어긴 적이 없다.

1

닥치고 책 읽기

현실적인 문제를 앞세워 책을 읽지 못한다는 핑계를 대는 사람들이 많다. 나도 한때 읽지 않던 사람으로서 그들의 마음을 백 번 이해하고도 남음이 있다. 그러나 지금은 단호하게 말한다. 일상의 모든 해야 할 일들을 잠시 뒤로 미루고, 무조건 책부터 읽으라고!

아침에 30분만 일찍 일어나도 매일 독서할 수 있다. 저녁에 30분만 늦게 잠들어도 매일 책을 읽을 수 있다. 시간을 만드는 최선의 방법은 시간을 기록하는 습관이다. 딱 하루만 자신의 실제 일과를 한 번 기록해보라. 중간중간 얼마나 많은 시간들이 허투루 소모되고 있는지 눈에 확 들어올 것이다. 변명의 여지가 없다. 그 시간들 다 모으면 최소한 한 시간은 넘는다. 보지 않아도, 듣지 않아도 다 알 수 있다. 내가 그랬으니까. 직장 생활을 할 때도, 지금도, 주변 사람들도 모두 마찬가지다. 늘 바쁘고 정신없지만, 항상 시간은 있다. 그게 우리의 삶의 모습이다.

하루에도 수십 번 자신의 의견을 말할 기회를 갖는다. 정치, 경제, 사회, 문화, 각종 사건 사고, 스포츠 등 온갖 가십거리들이 넘쳐난다. 이 모든 것들에 대해 자신의 의견을 개진하고 상대방과 논쟁하며 커피 잔과 술잔을 섞는다.

말이 너무 많다. 진지하게 고민하고 심사숙고를 거친 말이 아니라 전자레인지에 10초도 돌리지 않은 인스턴트 말들이 허공에 난무한다. 옳고 그름도 필요 없고, 진실 여부도 상관없다. 일단 뱉어놓고 생각한다. 아니면 그뿐이다.

말이 많으니 배가 고프다. 의미 없는 말들을 잔뜩 쏟아내고, 돌아서서 뱃속을 가득 채운다. 하루가 지나고 나면 어찌 녹초가 되지 않을 수 있겠는가.

'닥치고'라는 말의 어감이 꽤 불편하다. 욕처럼 들린다. 아주 친한 사이가 아닌 사람 앞에서 함부로 할 수 있는 말이 아니다. 그럼에도 불구하고, 나는 강의 시간에도 종종 "닥치고 쓰세요!"라고 표현한다. 지금 쓰는 글의 제목도 '닥치고 책 읽기'라 썼다. 말수를 절반으로만 줄여도 책 읽을 시간을 확보할 수 있을 것 같다는 생각에서다.

말을 많이 하면 공허하다. 내가 무슨 말을 했는지 기억조차 나지 않는다. 상대방에게 어떤 상처를 주었는지, 내 말이 어떤 영향을 초래할 것인지 전혀 상상하지 못한다. 뭔가 찜찜하고 아리송하다. 앞뒤 분간 못하고 나오는 대로 뱉어낸 탓이다.

말을 줄이고 책을 읽어야 한다. 굳이 하고 싶은 말이 있으면 글로 쓰면 된다. 침묵은 채우기 위한 전제다. 고요하게 머물면 내 그릇이 어느 정도인지 볼 수가 있다. 물살이 요동치는 양동이에 물이 얼마나 차 있는지 알기 힘들 듯, 쉴 새 없이 말을 하는 사람들의 내면이 얼마나 채워져 있는지 알 길이 없다.

책을 읽으면 입이 다물어진다. 머리와 눈과 가슴이 책을 향해 있는 시간 동안, 나 자신이 얼마나 좁고 작은지 확연히 느껴진다. 부끄럽고 죄스러운 마음에 고개를 떨구게 된다. 스스로의 부족함을 느끼는 그 순간들이 나는 너무 좋다.

흔히 책을 읽거나 글을 쓰면 '나'를 만나게 된다거나 내면의 자아를 만나게 된다고들 하는데, 이것은 거창한 뭔가가 아니다. 나 자신이 얼마나 알고 있는지, 얼마나 부족한지를 깨닫게 된다는 뜻이다.

책을 읽으라고 하면 온갖 핑계와 변명이 쏟아진다. 오죽하면 책 따위 읽을 필요가 없다는 사람들과 논쟁까지 펼쳐야 하는 상황이 생기겠는가.

아무 소리 하지 말고, 오늘부터 당장 한 페이지씩이라도 읽었으면 좋겠다. 절실한 마음으로, 간곡히 부탁하고 싶다. 나는 책을 읽고 새로운 삶을 만났다. 나만 중요한 존재가 아니라 함께 살아가는 모든 사람들과 세상 모든 것이 소중하다는 깨달음을 얻었다. 지금도 여전히 부족한 존재라는 확신을 갖고 살아가기 때문에, 욕심 부릴 것도 없고 부딪쳐 싸울 일도 없다. 다들 불완전한 존재인데 아웅다웅 싸워봐야 무슨 영화를 얻을 수 있겠는가. 세 살짜리 아이 둘이서 아무리 싸우고 울어봐야 어른들은 곁에 서서 피식 웃을 뿐이다.

입을 다물고 책을 펼친다. 그 속에 녹아 든 삶을 만난다. 가슴이 시리고, 통쾌하고, 슬프고, 기쁘고, 우울하고, 좌절하고, 다시 일어서는 모든 여정들을 활자를 통해 만난다. 30분쯤 읽으면 감정이 가라앉고 차분해진다. 불같이 달아올랐던 모든 일들이 사실 별로 중요하지 않았다는 생각에 호흡이 일정해진다.

나는 오늘도 책을 읽는다.

2

새벽 4시

알람 소리에 잠에서 깬다. 한 치의 망설임도 없이 화장실로 달려가 찬 물에 머리를 담근다. 이 과정이 짧으면 짧을수록 피곤이 덜하다. 이불 속에 뒹굴며 잠에 취해 머무는 순간이 길어질수록 머릿속은 피곤함과 5분만 더 자고 싶은 충동으로 가득 차게 된다.

머리를 닦고 냉수를 한 잔 들이킨다. 그리고는 책상 앞에 앉아 책을 읽고 글을 쓴다. 하루의 시작은 언제나 똑같다. 새벽 4시. 나는 늘 같은 시간에 태어난다.

2016년 5월 15일. 경남 김해에서 처음 보는 사람들에게 〔작가수업〕 강의를 시작했다. 이 책이 출간될 즈음이면 강의를 시작한 지 아마 2년이 조금 지나지 않겠나 싶다. 2018년 5월 현재, 출판사와 체결한 계약 건수는 정확히 169건이다. 2년도 채 되지 않는 시간 동안

169건의 원고가 만들어졌고, 모두 출판사로부터 러브콜을 받았다. 글을 쓴 작가들의 열정과 의지도 대단했고, 응원해준 모든 사람들의 정성이 모인 결과라 볼 수 있겠다.

출간계약을 체결한 사람들 대부분이 새벽에 글을 썼다. 사람마다 리듬이 다르기 때문에 굳이 새벽에 글을 쓰라고 강요하고 싶지는 않다. 분명한 것은, 아무래도 새벽 시간을 활용하는 사람들이 목표를 달성한 경우가 훨씬 많다는 사실이다.

감옥에서 1년 6개월, 알코올 중독으로 2년 2개월을 보냈다. 그 외에도 실패 때문에 주저앉아 허송세월 보낸 시간들을 모두 합하면 거의 6년이란 시간이 된다. 내 소중한 삶에서 무려 6년이란 시간을 잃었다. 나는 대체 어디서 이 시간을 보충할 수 있을까. 잠을 줄이는 수밖에 없었다.

새벽 4시는 나에게 기적을 선물해준 시간이다. 책을 읽고 글을 쓰기에 이보다 더 완벽한 시간은 없다. 앞으로 살면서 내가 이루고자 하는 뭔가가 정해질 때마다, 나는 매일 새벽 4시에 도전을 시작할 생각이다. 새벽 4시는 의심의 여지가 없고, 불가능이 존재하지 않는 시간이며, 오직 나를 위한 시간이다. 매일 새벽 4시에 일어나 책을 읽고 글을 쓰는 사람이라면, 나는 그가 누구든 상관없이 평생 우정을 나눌 수 있다.

새벽 4시는 앞선 시간이다. 삶을 먼저 시작할 수 있는 최고의 기회이며, 정신이 깨어있는 시간이고, 진짜 '나'를 대면할 수 있는 진실한 시간이다. 새벽 4시에 대한 예찬은 다음 책에서 더 깊이 논하도록 하고 이쯤에서 접어둔다.

아무튼 나는 매일 새벽 4시에 일어나 책을 만난다. 그 덕분에 꽤 많은 책을 매일 읽을 수 있었고, 삶의 바닥에서 다시 일어설 수 있었다.

만약 이 책을 읽는 독자 중에서 '나도 뭔가 한번 해봐야겠다'는 결심이 서는 사람이 있다면, 가장 먼저 새벽 4시 기상에 도전해보라고 권하고 싶다. 거창한 것 같지만 사실 아무것도 아니다. 새벽 4시에 잠에서 깨어 찬 물에 머리를 감는 것 정도를 힘들어한다면, 삶에서 무엇을 이룰 수 있겠는가!

이번 장에서 나는 두 가지 이야기를 하고 있다. 변명과 핑계를 접고 당장 책을 읽으라는 말과 새벽 4시에 일어나 하루를 시작하라는 이야기다. 자, 이쯤에서 말을 좀 거두기로 하겠다. 사실 나는 누구를 만나든 독서와 글쓰기, 그리고 새벽 기상을 권한다. 내가 경험했고, 그 경험을 통해 너무나 많은 것을 얻었으니 다른 사람들에게 '좋은 것'을 권하는 것은 당연하지 않겠는가. 다만 한 가지, 나는 새벽에 깨어 읽고 쓰는 행위를 통해 진심으로 즐겁고 행복했다는 말을 꼭 전하고 싶다.

만약 누군가 나의 권고를 받아들여 새벽 4시에 기상하고 책을 읽고 글을 쓰는데 하나도 즐겁지 않고 행복하지 않다고 한다면, 당장이라도 그만두는 것이 낫다. 기상 시간도 바꾸고, 읽고 쓰는 삶도 진지하게 다시 생각해봐야 한다.

이랬다저랬다 헷갈린다고 말할지 모르겠지만, 가장 중요한 사실은 우리가 '즐겁고 행복해야' 한다는 점이다. 독서를 하는 이유가 무엇인가? 아무리 얻는 것이 많고 인생의 길을 찾을 수 있다 하더라도 일단은 즐거워야 한다. 즐길 수 있어야 한다. 고통스럽고 짜증나고 역겨운 과정이라면, 그것이 독서 아니라 무엇이라 해도 감히 누구에게 권할 바가 되지 못한다.

즐겁고 행복하다는 말이 다소 거추장스럽다면, 최소한 새벽 4시에 일어나 책을 읽고 있는 자기 자신에 대해 뿌듯함과 성취감, 희열 정도는 느낄 수 있어야 한다.

나는 오늘도 책을 읽는다.

3

독서 강박

한 권의 책을 잡으면 처음부터 끝까지 완독해야만 "책을 읽었다"라고 말할 수 있다는 완독 강박! 그리고 한두 시간 만에 빨리 다 읽어야 한다는 속독 강박! 한 권의 책을 읽고 나면 최소한 그 내용의 일부는 반드시 기억해야 한다는 기억 강박!

바로 이 세 가지의 강박이 독서 초보자들로 하여금 책을 더 멀리하게 만드는 요소다. 하나씩 짚어보도록 하자.

먼저, 완독 강박에 대해서다.

이 세상에 지금까지 출간된 적이 없는 완벽히 새로운 내용의 책은 존재하지 않는다. 과거의 책 내용이 새로운 작가를 만나 재해석되고 다시 태어난다. 따라서 비슷한 주제의 책 내용들은 중첩되는 내용도 있고, 표현만 다를 뿐 주제나 논증이 거의 비슷한 책도 많다. 이미 알고 있는 내용의 책을 굳이 처음부터 끝까지 완독할 필요는 전혀 없다. 제목과 목차를 보고 내게 필요한 내용만 발췌해서 읽어도 되고, 관심 있는 부분만 따로 골라 읽어도 전혀 상관없다. 다시 말하지만, 책은 남들에게 보여주기 위해 읽는 것이 아니라 나 자신을 위해서 읽는다. 완독 강박에서 완전히 벗어나야 한다.

둘째, 속독 강박이다.

책을 빨리 읽어야 한다는 주장은 대체 누가 무슨 이유로 시작한 것일까! 나는 도대체 납득할 수가 없다. 책의 종류에 따라, 책의 두께에 따라, 주제에 따라, 작가의 문체에 따라, 독자의 경험에 따라, 책을 읽은 정도에 따라, 개인의 성향에 따라, 제각각 읽는 속도가 다를 수밖에 없다.

밥 먹는 속도도 다르고, 글 쓰는 속도도 다르고, 옷 입는 속도도 다르고, 운전하는 속도도 다르고, 하물며 화장실에서 볼 일 보는 속도도 사람마다 다를진대, 왜 책은 천편일률적으로 한 시간에 한 권을 뚝딱 해치우려 하는가!

빨리 읽으면서도 제대로 읽는다면 더 바랄 것이 없겠다. 그러나 이상적인 독서법이 있다고 해서 무리하게 좇을 필요는 없다. 나에게 맞는 속도로 느긋하게 읽어도 충분히 독서의 맛을 느낄 수 있으며, 얼마든지 좋은 책 실컷 읽을 수 있다.

중학교 3학년 시절. 한창 사춘기였다. 당시에는 지금처럼 미디어가 발달되지 않아서 기껏해야 집에서 비디오 테이프로 영화를 보는 것이 전부였다. 어쩌다가 에로 영화 테이프 하나를 구하게 되면, 부모님이 집에 오시기 전에 얼른 야한 장면을 보기 위해 '빨리 감기' 버튼을 눌렀다. 앞뒤 내용은 전혀 모른 채 주요 장면(?)만 골라봤다. 나는 지금 그때 봤던 에로 영화의 제목이나 내용이 하나도 생각나지 않는다.

속독에 대한 강박은 비디오 테이프를 '빨리 감기'로 돌려보는 것과 다를 바 없다. 발라드 음악을 '빨리 감기'로 듣는 것과 똑같다. 자장면을 1분 만에 먹는 것이나, 목욕을 10분 만에 하는 것과 다를 바가 무엇 있겠는가.

독서의 진정한 묘미는, 한 장씩 넘기며 음미하고 생각하고 무릎을 탁 치고 삶을 돌아보는 데 있다. 충분한 시간을 가지고 즐겨야 비로소 독서의 참맛을 알 수 있다.

마지막으로 기억 강박이다.

책을 한 권 읽고 나면 기억에 남는 것이 별로 없다며 고민하는 이들이 많다. 앞 문장에서 가장 중요한 단어 하나를 고르라면 '별로'가 되겠다. 다시 말해 남는 것이 있기는 있다는 말이다. 그걸로 충분하다.

만약 당신이 책을 한 권 읽을 때마다 그 내용의 80퍼센트가 기억에 남는다면, 당신은 지금 당장 정신병원으로 가야 한다. 조만간 뇌가 터질 우려가 있다. 다섯 권만 읽어도 다섯 사람의 삶의 내용이 기억 장치에 남는다는 말인데, 생각만 해도 끔찍하지 않은가!

망각은 인간의 본능이다. 한 권을 읽으면 기껏해야 한두 가지 정도 남는다. 두 번, 세 번 읽으면 조금 더 기억에 오래 남을 터다. 마음에 닿고, 인상적인 책이라면 시간을 두고 여러 번 읽으면 된다. 그렇지 않은 책이라면 한두 가지 남기는 걸로 충분하지 않은가.

독서에 가장 흔히 비유되는 것이 콩나물 시루다. 물을 부으면 시루 아래쪽으로 물이 몽땅 빠져 나가지만, 그럼에도 콩나물은 쑥쑥 잘도 자란다. 사람도 마찬가지다. 책을 읽고 난 후에 남는 것이 없는 것 같지만, 그렇게 나를 관통하는 책 속의 삶의 이야기들 덕분에 나는 성장하고 깨닫고 달라진다.

독서에 대한 세 가지 강박 때문에 오히려 책을 멀리 하게 되는 사람들이 많다. 책은 순수이며 즐거움이다. 누가 뭐라 해도 기준은 나 자신이어야 한다. 비록 나도 강안독서라는 책을 쓰고 있지만, 개인에 따라서는 강안독서가 전혀 맞지 않을 수도 있다. 느긋한 마음으로 천천히 책을 읽다 보면 누구나 자신에게 맞는 독서의 방법을 찾게 된다. 무엇을 읽어야 하는가, 또 어떻게 읽어야 하는가라는 질문들이 중요한 것은 사실이지만, 그보다 훨씬 더 중요한 것은 책을 읽는 행위 자체다. 요령과 방법을 찾기보다 일단 책을 손에 잡고 펼쳐

한 줄이라도 읽는 것이 먼저임을 잊지 말았으면 좋겠다.

나는 오늘도 책을 읽는다.

4

어떻게 읽는가

이제 마무리를 해야 할 시간이다. 끝으로 내가 책을 읽는 방법에 대해 몇 가지 정리하고자 한다. 반복되는 이야기지만, 독서의 방법에 정답이 있을 수 없다. 개인마다 상황마다 나름의 방법이 있다. 문제는 방법이 아니라 책을 읽는 자체에 있다고 다시 한 번 강조한다.

그럼에도 불구하고 내가 책을 읽는 방법에 대해 정리를 해두는 것은, 책을 멀리하는 사람들이 혹시라도 이 부분을 읽고 마음에 들어 하고, 함께 책을 읽게 된다면 그보다 더한 행복은 없을 거라는 기대 때문이다.

내가 책을 읽는 방법은 단연코 강안독서다. 강안독서의 범주를 벗어나지 않는 선에서 세부적인 읽기 방법을 안내한다. 크게 다섯 가지로 구분할 수 있겠다. 테두리 읽기, 보물찾기, 문장 읽기, 시비 걸기, 척하기.

테두리 읽기

일 년 365일 책을 읽고 싶은 마음이 한결 같을 수는 없다. 읽기 싫은 날도 분명 있다. 그런 날에는 책을 읽는 대신 제목과 목차만 읽는다. 그냥 읽으면 재미가 없다. 광고 카피를 만든다는 생각으로 읽는다. 만약 내가 이 책을 홈쇼핑에서 광고한다면, 제목과 목차를 어떻게 활용할 수 있을까를 고민한다.

책의 내용이 아니라 제목과 목차만 보는 것이 무슨 소용 있을까 싶겠지만, 희한하게도 책을 광고하려고 애쓰다 보면 은근히 읽고 싶은 마음이 생겨난다. 나름대로 독서에 대한 동기부여가 가능한 방법이다.

테두리 읽기의 가장 큰 장점은 '재미'가 있다는 사실이다. 흔히 작가나 출판사는 독자들의 생각과는 달리 제목과 목차에 대해 상당히 고민을 많이 한다. 갖은 고민 끝에 탄생한 제목과 목차이기 때문에 여기에 열중하다 보면 내 책을 집필할 때도 큰 도움이 된다.

보물찾기

강안독서에서 가장 중요한 부분이기도 하다. 한 권의 책 속에서 내 삶을 관통할 만한 맥을 찾는 작업이다. 책을 읽으면서, 이미 정해놓은 키워드와 관계없는 부분들은 대충 읽으며 넘긴다. 어느 순간 광맥을 찾듯 눈과 손이 딱 멈추는 곳이 있다. 그때의 반가움이란 이루 말로 표현할 수가 없을 정도다.

밑줄을 긋고, 요약하고, 나의 과거를 회상한다. 그리고 저자의 삶에 내 삶을 투영시켜 성장과 변화의 씨앗을 찾는다. 이제 그 씨앗을 부풀리고 다듬어 또 다른 독자를 위해 메시지를 작성한다.

하루에 두세 개씩 보물을 찾는 날이면, 기쁨을 감추지 못하고 소주 한 잔을 마신다.

문장 읽기

책을 읽는다는 생각을 하면 머리가 아프다. 그러니까 책을 읽지 말고 문장을 읽는다. 두꺼운 책을 펼쳐 아무 곳에서나 읽기 시작한다. 마음에 드는 문장이 눈에 띄지 않으면 또 여러 장 그냥 넘기기도 한다. 문장이란 무엇인가? 책을 구성하는 최소의 단위다. 혹자들은 단어라 하기도 하고 문단이라 하기도 하는데, 어쨌든 내 기준에서는 문장이야말로 책을 구성하는 원자가 틀림없다.

매력적인 문장을 찾는 것은 의외로 쉽기도 하고, 흥미진진하기도 하다. 독서의 재미를 배가할 수 있는 최고의 방법이다. 좋은 문장, 가슴에 닿는 문장, 갑자기 눈시울이 붉어지는 문장, 감탄사가 절로 나오는 문장, 도저히 이해가 되지 않는 문장, 저자의 두뇌가 천재로 느껴지는 문장…….

문장 하나로 삶이 바뀌기도 한다. 문장 하나로 가슴이 뜨거워지기도 한다. 나는 책보다 문장을 사랑하고, 문장을 품고 있는 책이기에 함께 아낄 수밖에 없다.

시비 걸기

이미 내가 알고 있는 부분에 대해서는 밑줄을 긋지 않는다. 나와 생각이 똑같은 문장에도 표식을 달지 않는다.

이와 달리, 처음 알게 된 사실이나 나와는 전혀 다른 생각의 내용들이 나타날 때면 나는 어김없이 밑줄을 긋고 저자와 대화를 나누기 시작한다. 대화라기보다는 따지고 든다는 표현이 더 어울릴 것 같다.

아, 참고로 실제 저자에게 전화를 건다거나 출판사 홈페이지에 악성댓글을 남긴다는 의미는 결코 아니다. 책을 읽으면서 보이지 않는 저자와 대화를 나눈다는 뜻이다.

미친놈처럼 여겨질지도 모르겠지만, 책을 읽으면서 저자에게 질문을 던지면 책이 알아서 답을 해주는 경우가 상당히 많다. 겪어본 사람들은 무슨 말인지 이해를 하겠지만, 나는 이 신통방통한 경험을 거의 매번 읽을 때마다 겪는다.

그냥 책을 읽을 때와 질문을 던지며 읽을 때, 독서의 효과 면에서 엄청난 차이가 발생한다. 적극적으로 질문해야 한다. 답이 없으면 없는 대로 또 다시 질문하고, 생각하고, 나름의 답을 정하고, 또 묻고…….

책 속에 담긴 내용을 넘어 삶을 나눌 수 있어야 한다.

척하기

책을 읽기가 정말 힘들었다. 글을 쓰기는 더 힘들었다. 포기하고 싶었지만, 독서와 글쓰기마저 포기해버리면 내 삶에 남는 것은 아무것도 없을 터였다.

그래서 결심했다. 나는 부족하고 모자라지만, 최소한 흉내라도 내보자. 다산 정약용처럼. 아니, 그냥 다산처럼 살아보자 정도가 아니라 아예 내가 다산이 된 것 마냥 생각하고 말하고 행동했다.

감옥 안이었으니 모두가 나를 미친놈으로 봐도 별 상관이 없었다. 허리를 곧게 세우고 정좌를 하고 앉아 턱을 어루만지며 책을 읽었다. 헛기침을 하기도 하고, 눈빛에 힘을 주기도 하고, 이해하기 어려운 책을 읽으면서도 마치 다 알아먹었다는 듯 고개를 끄덕이기도 했다.

다섯 가지 독서의 방법 중 하나만 택하라면, 나는 일말의 망설임도 없이 '척하기'를 선택할 것이다. 최고의 효과를 누릴 수 있다. 내가 바라는 바를 먼저 이룬 사람을 골라 그 사람의 생각과 행동을 그대로 흉내내는 과정.

피식 웃고 넘어가는 사람이 있을지 모르겠지만 잠시만 다시 돌아와 이 부분을 읽어주길 바란다. 어쩌면 당신의 삶이 지금부터 바뀔지도 모를 일이다.

독서법의 한 종류로 전해지길 바라지 않는다. 책을 가까이 하는 데 조금이라도 도움이 될 수 있다면 충분하겠다.

매일 책을 읽는다. 종류를 불문하고 손에 잡히는 대로, 틈만 나면 읽고 쓴다. 가끔씩 스스로에게 질문한다. 왜 읽는가? 왜 쓰는가? 정답을 찾을 수 없는 질문이긴 하지만, 이런 질문을 나 자신에게 던지면 던질수록 나는 점점 더 읽고 쓰는 데 집중하게 된다.

책을 읽으면 행복한가? 행복하지도 않고, 그렇다고 불행하지도 않다. 엄밀히 말해 독서가 행복과 불행을 나누는 기준점이 된 적은 없었다. 나에게 독서는, 그저 독서일 뿐이다. 굳이 내 삶을 나누자면, 행복과 불행, 그리고 독서와 글쓰기 정도가 되지 않을까.

책을 읽지 않는 사람에게 책을 읽으라고 권하면 듣는 입장에서는 상당히 불편한 감정을 느끼게 된다. 오래 전 내가 그랬다. 책 따위 읽지 않아도 얼마든지 잘 살고 있는데, '너나 많이 읽으세요'라는 생각으로 일축했다. 전혀 틀린 말은 아니다. 당장 먹고 사는 데 아무런 지장이 없고, 미래 준비도 어느 정도 갖췄고, 풍족하고 여유로운 삶을 살아가는 비독서가들에게 책은 별의미가 없게 느껴질지도 모른다.

가슴을 치며 후회했다. 왜 책을 읽지 않고 살았을까! 책을 읽는다고 해서 당장 삶에 큰 변화가 일어나지는 않는다. 책을 읽는다고 해서 내가 겪었던 참혹한 과거들이 모두 없었던 일이 되지도 않는다. 솔직히 책 읽는 사람들 중에도 죄 짓는 사람 많고 인생 엉망으로 사는 사람들이 있다. 책이 만병통치약이 될 수는 없다는 증거다.

그러나 최소한 나에게 책은, 의미가 달랐다.

사람들은 나에게 말한다.

"이제 고생 끝이네요. 남은 인생 행복하게 살겠네요."

나처럼 조금 특별한(?) 고난과 역경을 겪은 사람들이 상대적으로 다소 흔들림 없는 삶을 살아갈 수 있는 이유는, '이제 고생 끝'이기 때문이 결코 아니다.

남아 있는 삶에서 언제든 또 다시 시련과 고통이 닥칠 거란 사실을 확신하기 때문이다. 다만, 이제는 과거처럼 힘없이 무너져 내리지 않을 거라는 믿음이 있기에, 얼마든지 올 테면 와보라는 배짱과 용기를 지니고 있기 때문이다. 바로 그 배짱과 용기가 우리가 말하는 "내공"

이며, 이 내공은 모두가 책을 통해 섭렵한 것들이다.

책 속에는 모든 삶이 담겨 있다. 그 삶의 이야기를 통해 내 삶을 비추어본다. 옳지 못한 삶이었다면 그 실수와 실패와 잘못을 통해 무엇을 깨달을 수 있었는가 찾아야 하고, 그럭저럭 괜찮은 삶이었다면 감사한 마음으로 나누는 삶을 살아야 한다.

읽고, 생각하고, 찾고, 해석하고, 나누는 삶! 강안독서를 진심으로 권한다.

강强 안眼 독서

초판 1쇄 발행 _ 2018년 10월 1일
초판 2쇄 발행 _ 2019년 3월 1일

지은이 _ 이은대

펴낸곳 _ 바이북스
펴낸이 _ 윤옥초
책임편집 _ 김태윤
책임디자인 _ 이민영

ISBN _ 979-11-5877-063-1 03810

등록 _ 2005. 7. 12 | 제 313-2005-000148호

서울시 영등포구 선유로49길 23 아이에스비즈타워2차 1005호
편집 02)333-0812 | 마케팅 02)333-9918 | 팩스 02)333-9960
이메일 postmaster@bybooks.co.kr
홈페이지 www.bybooks.co.kr

책값은 뒤표지에 있습니다.

책으로 아름다운 세상을 만듭니다. — 바이북스